Les Éditions du Boréal
4447, rue Saint-Denis
Montréal (Québec) H2J 2L2
www.editionsboreal.qc.ca

LE CIRQUE
AMBULANT

DES MÊMES AUTEURS

Voyages avec mes parents, Boréal, coll. « Boréal Junior », 2006.

Saucisson d'âne et bave d'escargot, Boréal, coll. « Boréal Junior », 2008.

Un été à Montréal, Boréal, coll. « Boréal Junior », 2013.

Marie-Louise Gay
et David Homel

LE CIRQUE
AMBULANT

traduit de l'anglais (Canada)
par Lori Saint-Martin et Paul Gagné

Boréal

Illustrations : © Marie-Louise Gay 2015
Textes : © Marie-Louise Gay et David Homel 2015
© Les Éditions du Boréal 2016 pour la langue française
Dépôt légal : 2ᵉ trimestre 2016
Bibliothèque et Archives nationales du Québec

L'édition originale de cet ouvrage a été publiée en 2015 par Groundwood Books
sous le titre *The Traveling Circus.*

Diffusion au Canada : Dimedia

*Catalogage avant publication de Bibliothèque et Archives nationales
du Québec et de Bibliothèque et Archives Canada*

Gay, Marie-Louise

    [Traveling circus. Français]

    Le cirque ambulant

    Traduction de : The traveling circus.
    Pour enfants de 8 ans et plus.

    ISBN 978-2-7646-2432-6

    I. Homel, David. II. Saint-Martin, Lori, 1959-   . III. Gagné, Paul, 1961-   . IV. Titre.
V. Titre : Traveling circus. Français.

PS8563.A868T72814   2016   jC843'.54   C2015-942736-3

PS9563.A868T72814   2016

À nos amis serbo-croates

Le jour où Max a perdu la boule !

Voici comment le voyage a commencé…
Le voyage où nous avons vu une église grande comme un paquebot, visité une île sans voyelles, découvert par hasard un village déchiré par la guerre et rencontré le mystérieux ermite de Vrgada. Le voyage où Max et moi avons failli passer les vacances en prison, où nous avons mangé des *krumpir* et de la *blitva*, mais où nous avons raté la Tour de pizzas. Le voyage où Max s'est perdu au moins deux fois, s'est

presque noyé et a failli être capturé par un minotaure.

Tout a commencé par une journée glaciale d'hiver – celle où Max a une fois de plus perdu la boule. Non, il n'est pas devenu fou, comme ça lui arrive souvent, mais…

Max avait inventé un jeu qui se jouait avec notre chat Miro. C'était très simple. Max lançait des billes sur le parquet de la cuisine (en cherchant à produire un maximum de bruit et à couvrir le plus de terrain possible). Du haut de la table, du comptoir ou du réfrigérateur, Miro bondissait et tentait de leur mettre la patte dessus. Pendant ce temps, Max l'imitait. Celui qui en ramassait le plus gagnait la partie.

Le jeu exigeait une adresse et une intelligence exceptionnelles.

Cette fois-là, c'est la cuisinière qui a gagné. En effet, toutes les billes ont roulé en dessous. À plat ventre, j'ai essayé de les récupérer avec ma règle.

À ma troisième tentative, j'ai repêché une carte postale. On y voyait l'image délavée d'une île rocailleuse au milieu d'une mer turquoise.

Le message était indéchiffrable. On aurait dit des araignées écrabouillées.

La photo, elle, était géniale. On sentait presque le soleil plomber sur les toits rouges des petites maisons en pierre.

À Montréal, la neige atteignait la fenêtre du deuxième – j'exagère à peine !

Comme si on les avait sonnés, mes parents sont entrés dans la cuisine à ce moment précis.

Ils peuvent renifler une destination étrangère à des kilomètres à la ronde.

— Tiens, c'est la vieille carte postale de Fred, a dit mon père. Celle qu'il nous a envoyée de K-r-k. J'ai toujours rêvé d'aller dans un lieu sans voyelles.

— C'est ce que tu as dit quand nous avons reçu la carte il y a deux ans, a répliqué ma mère. Et nous sommes allés en France à la place.

— Tu as envie d'aller à K-r-k ? s'est étonné Max. Comment est-ce que tu ferais ? Tu n'es même pas capable de prononcer le nom.

— Je vais apprendre ! a répondu mon père.

Lorsqu'il se laisse emporter par l'enthousiasme et que ma mère prend son air distrait, rêveur, je sais qu'un autre voyage en famille vers une destination impossible se profile à l'horizon – cette fois-ci, il s'agit d'un lieu au nom imprononçable.

Ma mère a lu la carte postale à voix haute, mais je la soupçonne d'avoir tout inventé.

Personne ne peut déchiffrer de telles pattes d'araignée.

— *Chers amis,* a-t-elle commencé, *nous attendons votre visite. Nous avons de la place pour tout le monde. Nous vous emmènerons voir Vrgada, l'île où Gordana est née. En attendant, nous vous faisons parvenir une photo de Krk. Gordana vous envoie plein de bisous et moi aussi. Fred*

— Qui c'est, Fred ? a demandé Max.

— Et qui c'est, Gordana ? ai-je ajouté.

— Ce sont de vieux amis, a répondu mon père. D'il y a longtemps.

— Autrefois, ils vivaient en Yougoslavie, a expliqué ma mère, mais le pays n'existe plus.

Où va un pays qui cesse d'exister ? Est-il rayé de la carte ? Sombre-t-il dans la mer comme le continent perdu d'Atlantide ?

Et où vont ses habitants ? S'enfuient-ils à pied ou en bateau ? Au réveil, un beau matin, constatent-ils qu'ils vivent désormais dans un nouveau pays, avec une cuisine et des maisons différentes ?

— Ils vivent où, maintenant ? ai-je demandé.

— Après la guerre en Yougoslavie, a répondu mon père (on dirait un prof d'histoire centenaire), le pays s'est divisé en cinq pays différents, dont la Croatie. C'est là que Fred et Gordana vivent aujourd'hui.

Chapeau ! Un pays divisé par la guerre, où les gens parlent une langue sans voyelles que personne ne comprend ! L'endroit rêvé où passer ses vacances !

Je ne sais pas pour vous, mais moi, je ne savais même pas où se trouvait la Croatie. Mon petit doigt me disait que je ne tarderais pas à le découvrir. Je les connaissais, mes parents. Ils adoraient découvrir de nouveaux pays, sortir des sentiers battus.

Qui sait ce qui serait arrivé si Max n'avait pas perdu ses billes, ce jour-là.

Évidemment, dès la semaine suivante, en

rentrant de l'école, j'ai trouvé un livre sur la table de la cuisine.

Le Serbo-croate pour les débutants. J'ai poussé un soupir.

Je n'étais pas d'humeur à apprendre une nouvelle langue. Et je n'avais aucune envie de suivre mes parents dans une autre aventure au milieu de nulle part.

Comment échapper à ce voyage ?

Je suis monté à l'étage et j'ai annoncé à mon frère que nous devions trouver le moyen d'éviter d'autres vacances familiales complètement débiles. Puis je suis allé dans ma chambre et j'ai fermé la porte.

Quelques secondes plus tard, Max y a fait irruption.

— J'ai la solution ! Cachons-nous dans le sous-sol. On fera des réserves de nourriture et on descendra la télé. Ils n'auront qu'à aller là-bas tout seuls !

Pauvre Max. Il s'imagine que nos parents vont nous abandonner aussi facilement.

— Ne sois pas ridicule, lui ai-je dit. Ils ne nous laisseront jamais tout seuls.

— Et si on allait habiter chez grand-maman ?

— Ils vont dire qu'elle est trop vieille pour s'occuper de nous.

— Mais nous, on pourrait s'occuper d'elle, a proposé Max. Je pourrais l'aider à retrouver ses clés ou ses lunettes ou ses chaussures.

J'ai soupiré. C'est alors que Max a eu une autre de ses idées de génie.

— Je sais ! s'est-il exclamé. On n'a qu'à dire qu'on est allergiques à la nourriture de là-bas. Qu'on ne peut pas manger de *krumpir*.

— Qu'est-ce que c'est ?

— En croate, *krumpir* veut dire « pomme de terre ». Tout le monde sait ça !

— Tout le monde, ouais… Mais personne n'est allergique aux pommes de terre.

J'ai regardé Max plus attentivement.

— Tu as lu le livre ?

— Un peu. J'ai commencé par la fin. Il y a une liste de choses à manger.

Je le reconnaissais bien là, notre Max. L'aspirateur humain dans toute sa splendeur.

— Tu n'aurais pas pu apprendre quelque chose de plus intéressant que « pommes de terre » ? « Milk-shake au chocolat », par exemple ?

— Dans le livre, je n'ai rien vu sur les milkshakes.

« Génial, me suis-je dit. Je pars pour un pays où on mange seulement des patates. »

Comme ce voyage semblait inévitable, dès le lendemain, après avoir lu les premières pages du livre, nous avons profité du souper pour faire l'essai de notre riche vocabulaire.

— *Ja sam Charlie,* ai-je dit à ma mère.

— *Ja sam Max,* a dit mon frère à Miro. *Ja sam gladan.*

Puis nous avons éclaté de rire. Ils ont de drôles de sonorités, ces mots.

Ma mère était ravie.

— C'est super, les garçons ! Nous avions peur que vous n'ayez pas envie de venir.

— Qui dit que nous en avons envie ? ai-je demandé.

— Vous étudiez la langue. C'est la preuve que vous êtes prêts à partir.

« Comme si on avait le choix », ai-je songé.

— Vous nous aiderez à communiquer avec les gens de là-bas, a ajouté mon père. Les enfants apprennent les langues plus vite que les adultes.

Parfois, il vaut mieux ne pas savoir trop de choses. J'ai entendu dire quelque part que le savoir est une chose dangereuse.

Je me suis tourné vers Max.

— Hé, qu'est-ce que ça veut dire, *gladan* ?

— Faim, a-t-il répondu.

À vrai dire, je n'ai pas été surpris.

— Tu pourras commander des *krumpir* à volonté.

— Qu'est-ce que c'est, des *krumpir* ? a voulu savoir mon père.

— Je ne peux rien dire, ai-je répondu. C'est un code secret en croate.

Le samedi après-midi, de retour de la patinoire du parc, où j'avais joué au hockey, j'étais d'humeur massacrante. Pas parce que mon équipe avait perdu, mais bien parce que le responsable de la cabane chauffée où nous nous changions avait décidé de rentrer chez lui sans consulter personne. Il avait mis toutes nos affaires dehors avant de verrouiller la porte et de la neige était tombée dans mes bottes.

Mon père était assis à la table de la cuisine avec son jouet favori, une carte.

Il a levé les yeux. Il était si excité que ses lunettes ont failli tomber.

— Charlie ! Tu savais que l'aéroport le plus proche de Rijeka, la ville où habite Fred, est Venise ?

« Et alors ? » ai-je songé. Mes pieds étaient comme des glaçons. Je voulais monter dans ma chambre, fermer la porte, mettre mes pieds sur le radiateur et écouter de la musique. Bref, je n'étais pas d'humeur à entendre parler de l'été prochain.

Mon père, en revanche, était lancé.

— On pourrait atterrir à Venise et louer une voiture pour faire le reste du trajet. Génial, non ?

— Ouais. Si tu le dis.

Puis Max est entré en coup de vent, Miro sur les talons.

— L'Italie ! a-t-il hurlé. On peut faire une balade en gondole ? On peut aller voir la Tour de pizzas ?

Max réfléchit avec son estomac.

— D'abord, c'est la tour de *Pisa*. Pise, en français, lui ai-je dit. Et c'est super loin de Venise.

Max a pris une mine déconfite. Tel que je le connais, il s'était imaginé une vertigineuse tour de boîtes de pizzas toutes garnies qui sortaient du four.

— On va vraiment le faire, ce voyage ? ai-je demandé à mon père.

— Absolument, a-t-il répondu, tout joyeux. J'achète les billets demain.

— Hourra ! a hurlé Max.

Miro et lui ont galopé autour de la table de la cuisine.

Ma mère a passé la tête par la porte, toute souriante.

Au moins un de ses enfants se réjouissait à l'idée d'entreprendre ce voyage : mon frère, ce traître.

Je suis monté dans ma chambre, j'ai claqué la porte et je me suis allongé sur mon lit.

Quand est-ce que je pourrai décider, moi, comment passer mes vacances ?

Jamais, voilà quand.

J'ai mis mes écouteurs et j'ai monté le volume. Très fort.

CHAPITRE PREMIER

Perdu et trouvé

Six mois plus tard, après un vol de nuit depuis Montréal, nous nous sommes retrouvés à l'aéroport de Venise. En principe, les aéroports sont climatisés. Dans celui-ci, il faisait aussi chaud que dans une fournaise.

Je pense que nous avions tous l'air d'avoir passé la nuit sous un pont. Mon père avait les cheveux hirsutes et les lunettes de travers. Les vêtements de ma mère étaient fripés et ses yeux larmoyaient. Sur l'épaule de mon père, Max ronflait bruyamment.

Moi, je n'arrêtais pas de bâiller.

Il m'arrive de me demander pourquoi les gens voyagent. C'est tellement compliqué !

Dans l'avion, j'ai décidé que j'avais intérêt à me renseigner sur ce qu'il y avait à voir en Croatie. J'ai donc feuilleté le guide de voyage.

Dans une ville qui s'appelle Šibenik, un tailleur de pierre a eu l'idée de réaliser des sculptures sur les murs extérieurs d'une église. Comme il avait besoin d'argent pour mener à bien son projet, il a demandé une contribution aux riches du coin. Pour se venger de ceux qui ont refusé de l'aider, il les a sculptés avec une tête de singe.

Les sculptures sont encore là et je parie que les petits-enfants des pingres se font taquiner à l'école.

Naturellement, il y a des tas de châteaux et de villes entourées de murs. Dans une ville du nom de Split (comme dans *banana split*), un empereur s'est fait construire un palais tout en marbre. Bel endroit pour faire du skate !

Si j'avais le choix, moi, je ferais de la plongée dans des grottes ou dans des épaves de navires. Je me suis demandé si je réussirais à convaincre mes parents de me payer des leçons.

À Dubrovnik, on voit des remparts si énormes que je gage qu'on pourrait y rouler en voiture.

Dans le guide, on affirmait que les guerres étaient chose du passé. Mais il y a eu des batailles à Dubrovnik en 1991 et 1992.

Ça ne fait pas longtemps du tout.

J'ai trouvé autre chose. Les camps ennemis étaient les mêmes que ceux qui s'étaient affrontés lors de la Seconde Guerre mondiale. Cinquante ans plus tard, ils ont recommencé à se battre.

Ils n'ont donc rien appris la première fois ?

En quittant l'aéroport de Venise avec la voiture de location, mon père était nerveux. Il serrait très fort le volant et je le comprenais. Tout autour de nous, des voitures klaxonnaient et des camions vrombissaient. Les conducteurs roulaient à tombeau ouvert en changeant constamment de voie. On aurait dit les autos tamponneuses au parc d'attractions, sauf que c'était pour de vrai.

Pendant ce temps, ma mère cherchait ses lunettes pour pouvoir consulter la carte.

— Je pense qu'il aurait fallu prendre la dernière sortie, a-t-elle dit après les avoir enfin trouvées.

En Italie depuis une heure à peine, nous étions déjà perdus.

Mon père ne veut jamais admettre qu'il a commis une erreur.

— Je me suis dit que nous pourrions passer la nuit à Padoue, a-t-il annoncé sur un ton désinvolte. C'est à côté de Venise.

— Et mes gondoles ? a demandé Max.

— Il y aura des gondoles. Une autre fois.

— Qu'est-ce qu'il y a, à Padoue ? ai-je voulu savoir.

— Le saint favori de ta grand-mère, m'a

répondu mon père. Saint Antoine. Celui qui l'aide à retrouver ses lunettes.

Ma mère a décoché à mon père un de ces regards qui veulent dire : « Ça suffit. » Elle n'aime pas qu'il se paie la tête de ma grand-mère.

— On demande toutes sortes de faveurs importantes à saint Antoine, a expliqué ma mère. Grand-maman le prie quand elle ne se sent pas bien et ça marche.

— Je pense que c'est juste une superstition, a ajouté mon père. Votre grand-mère en a des tas : éviter d'ouvrir un parapluie dans la maison, par exemple.

— Mais pourquoi est-ce que quelqu'un ferait ça ? a demandé Max. Il ne pleut pas dans la maison.

— Justement, Max, lui ai-je expliqué. C'est une superstition. Ouvrir un parapluie à l'intérieur, c'est censé porter malheur.

— Je pourrais rapporter à grand-maman un souvenir de Padoue, a dit ma mère. Elle serait enchantée. On dit que c'est une ville magnifique.

— Et beaucoup moins encombrée que Venise, a renchéri mon père. On aura moins de difficulté à circuler et à trouver une place de stationnement.

« Évidemment, ai-je songé. Une autre destination en dehors des sentiers battus. J'aurais dû m'en douter. »

Nous avons donc roulé pour aller voir le saint qui s'occupe des objets perdus. Justement, j'étais sur le point de perdre mon calme. Parce que mon frère, lui, perdait la boule, pour changer. Il se tortillait et se retournait, mais sans pouvoir aller bien loin, à cause de la ceinture de sécurité qui le retenait sur la banquette. Il a décidé qu'il voulait regarder par ma fenêtre, car il était sûr que la vue, de mon côté de la voiture, était beaucoup plus belle.

— Là, regardez ! a-t-il crié en faisant un geste qui a failli m'éborgner. Des moutons italiens ! Et là ! Des vaches italiennes !

Il m'a donné un coup de pied sur le tibia pour m'obliger à l'écouter. Devant l'échec de sa tentative, il a commencé à monter et à baisser sa vitre. Chaque fois, une bouffée d'air bruyant et chaud qui empestait le diesel entrait dans l'habitacle.

Mon père a verrouillé les vitres électriques. Mais rien ne pouvait empêcher Max d'explorer les merveilles d'une voiture italienne. Il a détaché sa ceinture, s'est laissé glisser par terre et a tiré sur le premier levier venu.

Le siège de ma mère s'est incliné – très vite. Se retrouver la tête sur la banquette arrière ne lui a pas plu du tout.

— Pourquoi tu ne ferais pas une petite sieste ? a-t-elle demandé à Max. Tu dois être fatigué.

Le vent avait transformé les cheveux de ma mère en un nid d'oiseau et elle avait les yeux cernés. C'est elle qui avait besoin d'une sieste.

— Qu'est-ce qu'il y a à la radio ? a voulu savoir Max.

Mon père a soupiré et a allumé le poste. Deux annonceurs parlaient italien à toute vitesse. Ils semblaient très excités, comme si leur pantalon avait pris feu.

— Il n'y a pas de musique ? a protesté Max.

Mon père a soupiré encore plus fort. Il a appuyé sur un bouton. Les haut-parleurs ont déversé du rap italien. Je n'avais aucune idée de ce que ces gens racontaient. Je ne comprenais qu'une chose : ça rimait. Max s'est mis à se trémousser sur la banquette, à donner des coups de pied sur le dossier du siège de ma mère et à cogner sur le plafond de la voiture.

Après le voyage en avion, j'étais complètement épuisé. Max avait envie d'écouter du rap italien à la radio ? Pas de problème. Malgré le raffut, j'ai fermé les yeux et je me suis endormi.

Lorsque je les ai rouverts, nous étions garés devant une clôture en métal, au milieu d'une rue. Mes parents parlaient en italien – langue qu'ils ne connaissaient pas – à un agent de police. L'agent n'était pas armé. En revanche, il avait une grosse moustache très fournie et des sourcils assortis.

Mes parents agitaient leur guide de voyage qui renfermait des noms d'hôtels en faisant semblant de parler italien. L'agent de police gesticulait, lui aussi, comme si le livre était une mouche qu'il s'efforçait de chasser.

Max dormait comme une souche. Jouer avec les vitres avait dû l'épuiser.

Devant nous s'étendait une immense place sillonnée par des cyclistes. Il n'y avait pas une seule voiture en vue. Au bout de la place, je voyais une église aussi grande qu'un château.

Mes parents ont dû se dire que, comme ils ne parlaient pas italien, ils n'avaient qu'à agiter les mains très fort et très vite pour qu'on finisse par les comprendre. Certains affirment que les Italiens parlent avec les mains. Si vous voulez mon avis, c'est vrai pour tout le monde. Je ne parle pas italien. Et pourtant, sans comprendre un seul mot, je voyais bien ce que disait l'agent de police.

Nous étions dans une zone interdite aux voitures.

Qu'avait dit mon père, déjà ? Que nous circulerions plus facilement à Padoue qu'à Venise ? Tu parles, oui !

Nous sommes sortis de la voiture au milieu des vélos qui filaient dans tous les sens. J'ai vu des hommes d'affaires en complet, la cravate au vent, qui parlaient au téléphone sans s'arrêter de pédaler. Une fille de mon âge tenait une boîte de pizza dans une main, à la façon d'un

serveur dans un restaurant, et pilotait son bolide de l'autre. Des femmes très maquillées et chaussées de talons hauts fumaient et mangeaient des pâtisseries tout en roulant.

Un type avec une plante énorme attachée à son panier est passé, suivi d'une fille qui avait fixé une cage à oiseau sur le porte-bagages accroché au garde-boue de sa roue arrière. L'oiseau n'avait pas l'air de s'amuser.

Les bicyclettes semblaient sorties tout droit d'un film en noir et blanc. Elles avaient un guidon droit montant, des pneus ballons, un garde-chaîne et un porte-bagages à l'arrière.

Sur la place, des religieuses roulaient lentement vers l'église gigantesque. Leurs longues robes noires flottaient derrière elles, comme des voiles de bateau. Les roues arrière de leurs vélos étaient couvertes pour empêcher leurs robes de se prendre dans les rayons.

Mon père a commencé à sortir les valises du coffre. Le dernier bagage a été Max. Mon père l'a déposé sur le capot de la voiture, où il a continué à ronfler.

Pendant ce temps, l'agent de police montrait du doigt la grande place. L'hôtel devait être là, quelque part, de l'autre côté de la mer de pavés.

Nous nous sommes péniblement mis en route.

En cognant sur les pavés, les roues des valises de mes parents faisaient un vacarme effroyable. Mon sac à dos me donnait l'impression d'être rempli de pierres. Tous les cyclistes nous dévisageaient et certains actionnaient leur sonnette avec impatience.

Nous avons mis une éternité à traverser la

place. J'avais le sentiment d'être dans un de ces rêves où je cours vers une destination qui recule sans cesse.

Plus nous nous rapprochions, plus l'église ressemblait à une forteresse munie de murailles épaisses et de hautes tours d'où on pouvait verser de l'huile bouillante sur l'ennemi, comme au Moyen Âge. Malgré l'heure matinale, de très nombreuses personnes s'engouffraient par les énormes portes. On aurait dit qu'elles étaient aspirées par un trou noir.

Nous avons fini par trouver l'hôtel : la Casa del Pellegrino. Un *pellegrino,* expliquait le dépliant de l'hôtel, c'est un pèlerin.

Pourquoi pas, après tout ? Je me sentais comme si j'avais traversé le désert pieds nus.

Max et moi venions de monter nos sacs à dos dans notre chambre lorsqu'un bruit de tonnerre, tel que je n'en avais jamais entendu, a retenti dans mes oreilles. Au début, j'ai cru qu'on tirait du canon. Puis j'ai compris.

Des cloches. Les cloches de l'église. Ma mère

avait sans doute tenté de nous réserver une chambre dans l'église mais, faute de mieux, elle en avait trouvé une juste en face, devant le clocher.

Au milieu de tout ce vacarme, une autre sonnerie a retenti : le téléphone.

Un coup de fil ? Qui pouvait bien appeler ? Je ne connaissais personne, ici.

J'ai décroché.

— N'est-ce pas le plus beau son que tu aies entendu de toute ta vie ?

C'était ma mère, évidemment. Les mêmes cloches résonnaient dans le combiné, comme en stéréo.

— Les cloches de Saint-Antoine-de-Padoue !

— Merci de me prévenir, ai-je dit. Je n'avais rien remarqué.

Quelques minutes plus tard, ma mère nous a entraînés, mon frère, mon père et moi, sous les portes géantes de l'église. C'était une magnifique journée chaude avec un ciel d'un bleu étincelant, et ce que nous avons trouvé de mieux à faire, c'est de nous engouffrer dans une église sombre et humide. Vous trouvez ça raisonnable, vous ?

En cours de route, nous avons croisé des dizaines de tentes et de kiosques où des gens achetaient des souvenirs à l'effigie de saint Antoine.

— Tu pourrais choisir un souvenir pour grand-maman ici, a dit Max à ma mère.

— Pas encore. Je cherche le cadeau parfait.

Quand ma mère cherche la perfection, on en a pour une éternité. Nous risquions de passer nos vacances à chercher.

Nous avons mis du temps à nous adapter à la pénombre de l'église. Nous avons longé des tableaux devant lesquels des cierges se consumaient. Des gens faisaient la queue à la porte de petites cabines. Tout le monde était silencieux.

— Qu'est-ce qu'ils font, ceux-là ? a demandé Max à tue-tête.

— Chut ! a murmuré ma mère. Ils vont à confesse.

— Qu'est-ce que ça veut dire ?

— Ils confessent leurs péchés et un prêtre leur pardonne.

Max s'est arrêté en écarquillant les yeux. Je parie qu'il se demandait quels péchés il pourrait bien confier au prêtre. J'aurais pu lui faire quelques petites suggestions, moi.

Droit devant, la foule était encore plus dense. L'église était aussi bondée que le métro à l'heure de pointe.

— Nous y sommes, a murmuré ma mère. Sa tombe est là.

— Pourquoi est-ce que maman chuchote ? a demandé Max de sa voix tonitruante habituelle.

Je lui ai donné une bourrade dans les côtes, mais pas trop fort.

— Tout le monde chuchote, ai-je chuchoté. Sauf toi.

C'était la vérité.

Tous les visiteurs parlaient à voix basse, comme pour se confier des secrets. Et ils s'adressaient à un bloc de granit géant. *La tombe de saint Antoine,* avait-on écrit dessus, dans presque toutes les langues du monde.

Certains pèlerins s'agenouillaient devant la tombe. D'autres y appuyaient leur front et donnaient l'impression de s'être endormis. Ils étaient nombreux à embrasser la pierre.

Nous sommes passés devant une très grande statue de saint Antoine revêtu d'une cape de velours violet. Des gens avaient collé des photos et des images sur la statue et déposé des messages secrets écrits sur des bouts de papier pliés avec soin.

— Ce sont des demandes adressées à saint Antoine pour obtenir son aide, a expliqué ma mère.

Puis elle a sorti un bout de papier de son sac à main et l'a épinglé à la robe de la statue.

— C'est un message de la part de grand-maman.

Je le savais ! Nous n'avions pas raté la sortie pour Venise. Depuis le début, ils avaient prévu que nous passerions par Padoue.

Je me suis demandé ce que grand-maman voulait dire à saint Antoine. Peut-être avait-elle une fois de plus perdu ses clés.

Le reste de l'église était beaucoup moins bondé. Le soleil, filtré par les vitraux, faisait des flaques de couleur sur le sol. Des pigeons voltigeaient sous le dôme géant du plafond. Dans un coin tranquille, mon père avait trouvé une chaise et s'était endormi. Il ronflait, mais, par chance, pas trop fort.

Ma mère a regardé autour d'elle. Puis elle a tapé mon père sur l'épaule.

— Où est Max ? a-t-elle demandé.

Il a ouvert les yeux et s'est redressé en essayant sans trop de succès de faire comme s'il ne s'était pas endormi.

— Je pensais qu'il était avec toi.

— Je pensais qu'il était avec toi.

J'aurais dû le savoir ! L'église était aussi

grande qu'un paquebot et remplie de milliers de personnes qui allaient dans tous les sens. Pour Max, c'était l'endroit idéal où se perdre. Se perdre exprès, pour nous obliger à partir à sa recherche.

— Quand l'as-tu vu pour la dernière fois ? a demandé mon père à ma mère.

— Je ne sais pas. Il y a une minute.

Mes parents se sont mis à regarder derrière les statues et les colonnes, partout où Max ne se serait jamais caché.

Il n'est pas difficile de trouver Max. Il suffit de penser comme lui, de s'immiscer dans sa tête et de lire dans ses pensées.

— Attendez-moi ici, ai-je dit à mes parents. Je vais le trouver.

J'ai longé les files de personnes qui attendaient de faire un brin de causette avec saint Antoine, mais Max n'y était pas.

Puis j'ai aperçu un écriteau : *Vers la crypte.* Une flèche pointait vers le bas. Une crypte comme dans *Les Contes de la crypte* ? Ah ha ! En plein le genre d'endroit que Max tiendrait à voir. Je commençais à raisonner comme Sherlock Holmes.

J'ai dévalé les marches jusqu'à une très grande salle. L'air était poussiéreux et froid, et il se dégageait de ce lieu une étrange impression de vide. Sur de hauts candélabres, aux quatre coins de la pièce, des cierges brûlaient. J'étais tout seul, même si, juste au-dessus de ma tête, des milliers de personnes se pressaient dans l'église.

Ai-je dit que j'étais seul ? Eh bien, pas tout à fait. En réalité, j'étais la seule personne *vivante* dans la crypte.

Juste derrière moi – dans une vitrine – se trouvait un squelette habillé d'une robe violet foncé. Le crâne semblait sourire et les orbites creux de ses yeux me fixaient.

Je n'avais pas vraiment peur. Disons que j'étais… un peu nerveux.

Vivant, le squelette devait être très riche. Il était entouré de toutes sortes d'objets en or

et en argent : vases, chandeliers, bols et ainsi de suite.

Quel gaspillage ! Ces articles magnifiques ne lui servaient plus à rien.

Si Max était descendu ici et avait vu le sourire du squelette, il n'avait pas dû s'attarder. Il avait probablement pris ses jambes à son cou.

Je n'ai pas vu de porte, mais j'ai aperçu une autre flèche surmontée d'un écriteau sur lequel était écrit *Orto Botanico.* Je n'avais aucune idée de la signification de ces mots ; Max ne les aurait pas compris non plus. Mais il avait sûrement été pressé de sortir de la crypte.

J'ai suivi la flèche, franchi un passage sombre et poussé une lourde porte en fer…

Et je me suis retrouvé de nouveau sous le soleil, au milieu d'un jardin.

Quel soulagement ! Pas de squelette regardant par-dessus mon épaule. Mais aucun signe de Max non plus.

L'*Orto Botanico* était un énorme jardin. Mais il n'y avait pas de fleurs ni de légumes comme dans un jardin normal. J'ai plutôt vu de nombreuses rangées de plantes à côté desquelles de petits écriteaux étaient enfoncés dans la terre. Sans oublier une affiche représentant une tête de mort.

Jardin de plantes vénéneuses, annonçaient les écriteaux en trois langues. Question d'éviter que les visiteurs succombent à la tentation de mâchouiller une de ces plantes, j'imagine. Il y avait déjà assez de squelettes sur place.

C'est peut-être ce qui était arrivé au squelette de la crypte : on lui avait servi une salade empoisonnée. Il aurait dû se rendre dans la rangée suivante, où poussaient les plantes médicinales. Il y aurait peut-être trouvé un antidote.

Les plantes vénéneuses avaient leur propre jardinier, qui avait la tête de l'emploi.

— *Benvenuto !* a crié un homme.

Je me suis retourné avec un sursaut. Un type avec des lunettes noires et un nez en forme de navet s'avançait vers moi en brandissant les cisailles les plus grandes et les plus tranchantes que j'aie vues de ma vie.

Il portait une longue soutane comme en ont les prêtres, sauf que la sienne était maculée de taches vertes. Sans doute à cause des plantes vénéneuses. Il arborait aussi des bottes de caoutchouc boueuses. Il a tendu la main vers une plante et a cueilli quelques feuilles. Puis il s'est mis à rire, son visage se creusant d'un million de rides minuscules. Sa moustache était jaune. Ses dents aussi.

— *Belladonna !* a-t-il hurlé. Tu veux essayer ?

— Non, merci, lui ai-je répondu.

Je m'efforçais d'être poli. C'est toujours une bonne idée quand on a affaire à un fou armé d'énormes cisailles et de feuilles empoisonnées. Les choses se gâtaient : j'étais passé de la crypte au jardin de la mort…

Je me suis éloigné lentement. S'il avait vu cet homme, Max ne s'était pas attardé ici non plus.

Je me suis engagé dans l'allée suivante, tandis que le jardinier éclatait de rire et marmonnait dans sa barbe.

Celle-là n'était pas tellement mieux. *Jardin de ronces,* ai-je lu. Il y avait un méli-mélo de chardons, d'arbustes épineux et de cactus à l'aspect furieux.

Plantes carnivores, annonçait l'écriteau suivant. J'ai aperçu des plantes cobras, une utriculaire et un attrape-mouches. Hélas, je n'avais pas de viande hachée à lui offrir. J'ai mis mon doigt dans sa gueule et elle l'a aussitôt refermée.

J'ai vu quelques touristes munis d'un guide de voyage. Ils regardaient un palmier vieux de quatre cents ans qui occupait sa propre serre. La plupart des arbres vivent à l'extérieur, mais pas celui-ci. Peut-être était-il dangereux, d'où la prison de verre dans laquelle il était enfermé. Dans un jardin où on risquait d'être empoisonné, dévoré tout rond ou salement égratigné, rien ne m'aurait moins étonné.

Max, lui, n'était pas dans le jardin.

L'attrape-mouches m'a donné une idée. Peut-être Max avait-il eu la même en voyant la plante carnivore. J'ai décidé de me fier à mon flair de détective.

Quittant le jardin, je me suis dirigé vers la place gigantesque que nous avions traversée avec nos bagages pour nous rendre à l'hôtel. Une rangée d'arbres ombrageait le trottoir.

Tel que je m'y attendais, un comptoir à *gelato* se trouvait sous les arbres.

Gelato, au cas où vous ne le sauriez pas, est un mot italien qui veut dire « crème glacée ».

Max était là, fixant les bacs remplis de crème glacée qui étaient disposés sous une cage de verre. Il était au désespoir.

Pourquoi ? Parce qu'il avait deux gros problèmes sur les bras. Premièrement, il ne parlait pas italien ; deuxièmement, il n'avait pas d'argent.

Par-derrière, je l'ai rejoint sans bruit.

— Ne prends pas la crème glacée à la *belladonna*. Elle est empoisonnée !

Il a fait un bond d'au moins un kilomètre de hauteur.

— Comment as-tu fait pour me trouver ?

Je n'allais tout de même pas lui révéler mes pouvoirs secrets de déduction.

— Mieux vaut qu'on y aille. Maman et papa te cherchent partout. T'es dans un sale pétrin !

Deux minutes plus tard, nous étions de retour dans l'église fraîche et sombre. Je n'ai eu aucune difficulté à trouver nos parents. Ils conversaient de nouveau avec un agent de police, leurs bras s'agitant comme des moulins à vent dans une tempête.

Ma mère nous a vus.

— Saint Antoine vous a ramenés ! a-t-elle crié.

Elle a serré Max si fort qu'elle a failli l'étrangler. Elle était tellement heureuse qu'elle a oublié de se mettre en colère. Parfois, Max a de la chance.

— *Sì, sì, San Antonio,* a confirmé l'agent de police.

Saint Antoine, mon œil ! Dites plutôt merci à saint Charlie, patron des détectives.

Des cochons à la broche

Le lendemain matin, à Padoue, tout est rentré dans l'ordre. Les voitures ont repris possession de la grande place que les vélos avaient envahie la veille. Les coups de klaxon étaient presque aussi bruyants que les cloches de l'église.

Sur la place, notre mère s'est arrêtée devant la vitrine d'une pâtisserie.

— Regardez, c'est le cadeau parfait ! s'est-elle écriée.

Dans la vitrine, il y avait des répliques miniatures de l'église de saint Antoine, avec le jardin de plantes vénéneuses derrière et la place devant.

— Tu veux acheter à grand-maman un modèle réduit de la ville ? a demandé Max.

Ma mère a ri.

— Elle est en massepain.

— C'est quoi ?

Max a beau ne pas savoir ce qu'est le massepain, je suis au courant, moi. C'est un dessert fait d'amandes pilées et d'une grande quantité de sucre, qu'on peut modeler et peindre à sa guise.

Nous avons suivi ma mère à l'intérieur. Je me suis demandé comment elle ferait pour acheter une église comestible sans parler italien. Elle a eu de la chance. Le pâtissier, qui avait étudié l'art du massepain à Paris, connaissait le français. Comme elle.

Elle a tout pris en double : l'église, le jardin, les immeubles de couleurs différentes bordant la place. Chacune des pièces faisait la taille de mon doigt. Le pâtissier a emballé les bâtiments en bonbon dans du papier de soie, puis il a rangé le tout dans une boîte de fantaisie entourée d'un ruban doré, comme si nous avions acheté une bague de diamants.

— Pourquoi deux ? s'est étonné Max.

— Comme ça, grand-maman pourra en manger un et garder l'autre en souvenir. Tu la connais : elle adore les sucreries.

Mon père a poussé un soupir de soulagement.

— Mission accomplie, a-t-il déclaré. Et en un temps record, par-dessus le marché.

À la sortie de la boutique, Max salivait visiblement. J'ai tout de suite su à quoi il pensait.

— Quoi que tu fasses, lui ai-je chuchoté à l'oreille, ne mange pas l'église de grand-maman.

Notre voiture était là où nous l'avions laissée, sous un arbre. Il faut croire que les pigeons qui nichaient là n'en aimaient pas la couleur, car ils avaient décidé de la repeindre. La voiture était parsemée de taches blanches et grises et vertes – c'était complètement dégueulasse.

— Croatie, nous voici ! a annoncé mon père pendant que nous nous installions dans la voiture.

— Pas si vite, a gémi Max. Et les gondoles ? Et la Tour de pizzas ?

— Nous nous arrêterons à Venise au retour, a promis mon père.

Max s'est calé sur la banquette en faisant la moue. Il ne croyait pas mes parents. Moi non plus, d'ailleurs.

Au bout d'une heure de route, nous avons franchi la frontière d'un autre pays. La première chose que j'ai remarquée, une fois de l'autre côté, a été un cochon qui tournait sur la broche au-dessus de braises ardentes devant un bâtiment. Il tournoyait très rapidement. Vivant, il aurait été drôlement étourdi.

— Regardez ! a crié Max. Les gens mangent vraiment un cochon en entier au petit-déjeuner, ici ?

Dans la petite ville suivante, j'ai vu un autre

porc embroché. Et encore un autre. Ils se trouvaient dans de petites cabanes semblables à des abribus. Au cas où il se mettrait à pleuvoir, ai-je supposé. Et, comme elles étaient motorisées, les broches tournaient juste à la bonne vitesse.

C'est devant des restaurants que les cochons tournaient. Il était encore tôt, mais les chefs avaient déjà commencé à faire rôtir les bêtes pour pouvoir les servir à midi. À moins que les gens aiment manger du porc au petit-déjeuner, en Slovénie.

Vous avez bien lu. En Slovénie. Une toute petite bande de ce pays sépare l'Italie de la Croatie, où habite Fred. Nous n'y passerions pas plus de trente minutes. J'aurais droit à un nouveau tampon dans mon passeport, en plus de l'inévitable leçon d'histoire de mon père.

— La Slovénie est l'un des nouveaux pays qui ont vu le jour lorsque la Yougoslavie s'est disloquée en 1991, nous a-t-il expliqué, une main sur le volant et l'autre dans les airs, de cette manière qui rend toujours ma mère nerveuse.

Les différentes parties du pays souhaitaient être indépendantes et elles se sont mises à se faire la guerre. Elles ne se sont vraiment arrêtées qu'en 1999.

— Pourquoi est-ce qu'elles se sont battues ? ai-je demandé. Elles n'auraient pas pu se partager le pays ?

— Quelquefois, les gens sont trop fâchés pour discuter entre eux, a-t-il répondu.

Mon frère regardait par la fenêtre.

— Je ne vois pas de guerre par ici, moi.

— Avec un peu de chance, nous n'en verrons nulle part, a dit mon père.

Il n'y avait pas de traces de la guerre, mais la Slovénie avait l'air d'un pays vieux et fatigué. L'autoroute moderne à quatre voies sur laquelle nous avions roulé en Italie avait cédé la place à une route étroite à seulement deux voies. Dans les petites villes que nous traversions, je ne voyais pas d'enfants. Que des adultes qui nous regardaient passer, assis devant leur maison sur des chaises en bois peint.

Ils attendaient peut-être que leur cochon ait fini de rôtir.

J'ai essayé de lire les panneaux de signalisation, mais je n'ai pas réussi à en déchiffrer un seul. C'était comme si je ne savais pas lire. J'avais la curieuse impression d'être coupé du monde.

Soudain, la route a été bloquée par un embouteillage monstre. Mon père a freiné brusquement et s'est arrêté juste à temps derrière un camion turc.

— Qu'est-ce qui se passe encore ? s'est-il demandé.

— Nous sommes peut-être arrivés à la frontière, a dit ma mère. Ça risque de prendre un certain temps.

Nous sommes restés là pendant quelques minutes, au milieu de nulle part, des camions devant et derrière nous. Debout dans son champ, un fermier qui semblait centenaire s'appuyait sur sa fourche en souriant. Il était peut-être heureux de nous voir immobilisés devant sa terre, derrière une longue file de camions : ça lui faisait une distraction.

Peu après, une voiture s'est rangée à côté de la nôtre. Elle était pleine de personnes – six ou huit – qui criaient et gesticulaient.

— *Avanti, avanti !* ont-ils crié. Allez !

Les passagers ont insisté pour que nous les suivions en dépassant les camions, et c'est en plein ce que mon père a fait.

— Un instant, a dit ma mère. Tu as l'intention de doubler tous ces camions en roulant du mauvais côté de la route ? Dans un pays étranger où tu ne comprends pas un traître mot ?

— C'est illégal, a souligné Max.

— Si ce type-là le fait, a dit mon père en montrant la voiture devant nous, je peux le faire aussi.

Nous avons suivi la voiture pleine à craquer et doublé à toute vitesse les camions qui attendaient à la queue leu leu. Si un danger nous guettait à l'avant, me suis-je dit, l'autre voiture l'atteindrait en premier.

Une minute plus tard, nous étions à la frontière. Des dizaines de militaires portant des uniformes qui semblaient sortis d'un film sur la Seconde Guerre mondiale étaient plantés là à ne rien faire. Certains étaient armés de mitraillettes et avaient pris position près de barrières du genre de celles qu'on voit aux passages à niveau.

Nous avons tous attendu tranquillement que les douaniers aient terminé avec la voiture qui nous précédait. Tous, sauf Max. Il a commencé à se tortiller sur la banquette.

— Je dois aller aux toilettes, a-t-il gémi.

— Attends un peu, a dit ma mère.

— Je ne peux plus me retenir.

J'ai vu ma mère réfléchir. Combien de temps Max tiendrait-il ? Exagérait-il ?

La suite, je la connaissais déjà.

— Charlie, a-t-elle dit, emmène-le où on ne risque pas de le voir.

— Derrière un arbre, par exemple, a ajouté mon père.

Ça, j'aurais pu y penser tout seul.

— Allez, viens, Max. Tu es sur le point d'exploser. Tes yeux ont commencé à jaunir.

Il est sorti de la voiture en vitesse. J'ai balayé les environs du regard. Il y avait un poste de garde pour les soldats. Peut-être était-il équipé d'une toilette ? Mais leurs mitraillettes m'ont fait changer d'idée.

J'ai aperçu un arbre de l'autre côté du poste – un gros arbre entouré de buissons.

— Par ici, Max. Personne ne verra rien.

Nous revenions vers la voiture quelques minutes plus tard lorsqu'un soldat nous a barré la route.

— *Pasos*, a-t-il dit en tendant la main. Passeport.

— *Ja sam Max*, a dit mon frère.

Le soldat, visiblement peu impressionné par le croate de Max, n'a pas souri.

— Dans la voiture, lui ai-je dit.

Mes parents sont sortis, comme mus par des ressorts. Ma mère a couru vers nous.

— Halte ! a crié le militaire.

Il a pointé le sol, puis il a dessiné une ligne avec le bout de son pied. Nous avons tous fixé cette ligne.

— Slovénie, a dit l'homme avec le plus grand sérieux en désignant mes parents. Croatie, a-t-il ajouté en nous montrant du doigt, Max et moi.

Puis il a froncé les sourcils et secoué la tête.

— C'est une blague ? a dit mon père.

Mauvaise réponse. Le soldat nous a obligés à rester plantés là. Max et moi étions d'un côté de la ligne. Mes parents, que j'aurais pratiquement pu toucher, devaient rester de l'autre côté, dans un autre pays. Le militaire s'est dirigé vers le poste de garde.

— Max, ai-je chuchoté, la prochaine fois que tu auras envie d'aller aux toilettes, pense à prendre ton passeport.

Il semblait sur le point d'éclater en sanglots. Mon père m'a fait les gros yeux. Bon, d'accord, ce n'était pas le moment de plaisanter.

Si Max pleurait, le soldat croirait peut-être qu'il se passait quelque chose de grave. Nous finirions tous en prison, dans le meilleur des cas. Quelles vacances !

Quelques minutes plus tard, un autre soldat s'est avancé nonchalamment vers nous. Il était plus vieux et avait plus de galons sur son uniforme. Il souriait, mais ce n'était pas un sourire aimable. C'était un sourire carnassier.

Il nous a désignés tour à tour, Max et moi.

— Ils sont entrés en Croatie sans passeport. C'est un crime.

— Mais ce sont des enfants ! s'est écriée ma mère.

— Passeports, a exigé le soldat.

Mon père est retourné dans la voiture et il est revenu avec nos quatre passeports.

— Ceux des enfants, a dit le militaire.

Docilement, mon père lui a tendu nos passeports.

Il les a examinés.

— *Kanadska,* a-t-il dit.

C'était le moment ou jamais de faire l'essai de notre vocabulaire croate.

— *Ja sam Charlie,* ai-je dit.

— *Ja sam Max,* a dit mon frère.

— *To je dobro !* Bons enfants !

Il nous a gratifiés d'un sourire, plus aimable. Puis il nous a donné nos passeports, à Max et à moi, et nous avons été autorisés à traverser la ligne tracée dans la terre jusqu'à l'endroit où se tenaient nos parents, deux pas plus loin.

J'ai vu que mon père faisait de gros efforts pour ne pas ajouter quelque chose qui risquerait de nous attirer de nouveaux ennuis.

Nous sommes remontés dans la voiture et nous avons traversé le poste de contrôle, à quelques mètres de là. Il y avait d'autres soldats armés de mitraillettes qui, par chance, étaient pointées vers le sol.

J'ai compris pourquoi tous les camions faisaient la queue. Ils attendaient de traverser le poste de contrôle qui leur était réservé. À celui destiné aux voitures, il n'y avait que nous.

Là, un homme nous attendait dans une guérite. Il semblait s'ennuyer à mort, malgré le match de soccer qui jouait sur un téléviseur miniature caché sous le comptoir.

Il a eu l'air heureux de nous voir, sans doute parce que personne ne lui rendait visite. Il a pris nos passeports et les a parcourus au complet en commençant par le début, puis par la fin.

— *Kanadska ?* a-t-il demandé à mon père.

Mon père a hoché la tête. Le douanier a agité le doigt.

— Pas de pipi en Croatie !

Il s'est esclaffé, apparemment très content de sa plaisanterie. Puis il a estampillé nos passeports.

— Bienvenue !

Après quelques virages en épingle sur la route étroite, j'ai aperçu, tout en bas, la mer qui scintillait sous le soleil matinal. L'eau était d'un bleu argenté et la lumière brillait si fort qu'elle me faisait mal aux yeux. Des îles parsemaient le littoral. On aurait dit les billes de Max.

— K-r-k, c'est laquelle ? ai-je demandé.

— Je ne sais pas. Elles ne sont pas magnifiques ?

Je savais que ma mère dirait cela. Elle avait déjà oublié que nous avions failli être jetés en prison, Max et moi.

Parfois, je trouve que mes parents manquent de sérieux. Comment, de retour chez nous, auraient-ils expliqué la situation à nos amis et, en particulier, à ma grand-mère ? « Oh, nous avons dû laisser les garçons dans une prison croate. Mais ne vous en faites pas, ils seront libérés dans deux ou trois ans. »

Nous sommes descendus à flanc de montagne en nous faufilant parmi de gros camions qui crachaient de la fumée noire. Petit à petit, ma mère a pris une teinte verte. Sur des routes sinueuses comme celle-ci, c'est en général ce qui lui arrive.

Nous nous sommes engagés dans un tunnel long et sombre. La moitié des ampoules étaient grillées et d'autres voitures nous dépassaient à vive allure, leurs phares éteints. Nous en sommes sortis sains et saufs, et j'ai aperçu le panneau annonçant la direction de Rijeka.

— Fred nous a dit de prendre la première sortie, a dit mon père.

— Il était temps, a déclaré ma mère. J'en ai plus qu'assez, de cette route. Qu'est-ce qu'on fait, ensuite ?

Mon père a sorti un bout de papier de sa poche de chemise.

— On monte la côte et on ne peut pas le rater, a-t-il lu.

— Ce sont les indications pour aller chez Fred ? Incroyable. Laisse-moi voir.

— C'est tout ce qu'il a écrit, a avoué mon père. « On ne peut pas le rater. »

La seule leçon que j'ai retenue de mes voyages, c'est ça : quand quelqu'un vous dit que vous ne pouvez pas rater une chose, vous n'avez pas la moindre chance de la trouver. Même pas en mille ans.

— Rue Budinicova, a lu ma mère.

— Tu vois, a dit mon père en souriant. C'est un début.

Ç'aurait été un début partout ailleurs, mais pas ici. Les rues n'étaient pas identifiées. Budinicova aurait pu être n'importe laquelle de ces rues ou n'être aucune d'entre elles.

Nous avons gravi une côte bordée d'immeubles de logements tous identiques : décré-

pits et usés, avec des façades de béton gris
tachées d'eau rouillée. Hauts de quatre ou cinq
étages, ils avaient des balcons en béton qui s'ef-
fritaient.

— On va devoir demander à quelqu'un, a
décidé ma mère.

— *Ja sam Max,* a déclaré mon frère.

— Merci pour ton aide, lui ai-je dit. On sait
qui tu es. Le problème, c'est qu'on ne sait pas où
on est.

J'ai sorti mon dictionnaire croate et j'ai
commencé à chercher des mots utiles. Quelqu'un devait prendre la situation en main.

Pendant ce temps, mon père s'est garé et
nous sommes sortis nous dégourdir les jambes.
Un vieux monsieur s'avançait lentement dans la
rue. Il fumait une pipe au bout mordillé et pro-
menait un chien au moins aussi vieux que lui.

Cet homme vivait sans doute là depuis toujours. Si quelqu'un savait où se trouvait la rue
Budinicova, c'était bien lui.

Après avoir aperçu la plaque étrangère sur

notre chic voiture de location, il nous a regardés d'un air méfiant.

— *Gdje je Budinicova ?* lui ai-je demandé.

Ce qui voulait dire « Où est Budinicova ? ». Du moins, je l'espérais.

L'homme m'a regardé comme si j'étais un martien. Puis il a soufflé un nuage de fumée, s'est retourné et est reparti dans l'autre sens. Son vieux chien tout plissé nous a dévisagés pendant un moment et a aboyé une fois avant de suivre son maître.

Ou bien j'avais mal prononcé les mots, ou bien on n'aimait pas beaucoup les étrangers, par ici.

— Je n'arrive pas à croire que tu n'aies

pas emandé à Fred des indications plus précises, a dit ma mère en secouant la tête. « On ne peut pas le rater », a-t-elle répété d'un ton sarcastique.

Il devait bien y avoir un moyen de trouver la maison de Fred. J'ai balayé des yeux la rue sans nom, mais il n'y avait pas un chat. Quelques personnes sont passées en scooter. J'ai tenté de les arrêter, mais elles se sont contentées de me saluer de la main avant de poursuivre leur chemin.

— Nous allons rester ici jusqu'à ce que quelqu'un nous demande si nous avons besoin d'aide, a décrété ma mère.

— Tu pourrais peut-être faire une prière à saint Antoine, a suggéré mon père.

— Ce n'est pas le moment de plaisanter, a répliqué ma mère.

Puis, de très haut, une voix a retenti.

— Ho, en bas ! Levez les yeux ! Par ici !

Nous avons tous regardé en l'air.

Sur un balcon, loin au-dessus de nos têtes,

un homme agitait les bras à la façon d'un marin apercevant la terre ferme après des mois en mer.

— C'est Fred ! a crié mon père.

— Vous êtes en retard ! a lancé Fred. Qu'est-ce que vous avez fabriqué ? Attendez, je descends !

— Je vous l'avais bien dit, a lancé gaiement mon père. On ne peut pas le rater, cet endroit. Je le savais.

« Hum, ai-je songé. Simple coup de chance. Peut-être saint Antoine y était-il pour quelque chose, en fin de compte. »

Quelques minutes plus tard, un homme de grande taille, avec une longue barbe grise et un large sourire, est sorti de l'immeuble. Il avait la peau très foncée, comme s'il passait tout son temps dehors.

— Bienvenue en Croatie ! a-t-il crié en serrant mon père dans ses bras.

Ma mère a eu son tour ensuite. Puis il nous a écrasés contre sa longue barbe, Max et moi en même temps, bien qu'il ne nous ait jamais vus de sa vie. On aurait dit les retrouvailles d'amis qui, sans se connaître, s'étaient perdus de vue depuis longtemps.

— Libero a hâte de vous rencontrer, a-t-il dit. Montons.

Libero ?

Fred a indiqué à mon père où stationner l'auto – en plein sur le trottoir. Ici, si des voitures étaient garées sur le trottoir, les gens marchaient dans la rue. Tout était sens dessus dessous.

Une fois nos bagages empilés au milieu de la rue et la voiture laissée à moitié sur la chaussée et à moitié sur le trottoir, à un angle insensé, Fred a replié le rétroviseur latéral pour éviter qu'un véhicule le heurte au passage.

Puis nous avons entrepris de monter nos valises sur cinq étages jusqu'à l'appartement de Fred.

— Désolé, a dit Fred. L'ascenseur ne fonctionne pas aujourd'hui. En fait, il ne fonctionne plus depuis un an.

Des rues sans nom. Des types méfiants avec

des chiens méfiants. Des ascenseurs perpétuel-
lement en panne.

Vous voyez le topo ?

Je n'aurais su dire si l'appartement de Fred
était trop petit ou s'il s'y trouvait simplement
trop de gens qui étaient trop heureux de me
rencontrer. Peut-être aussi étais-je fatigué après
le voyage. Ce qui est sûr, en tout cas, c'est que j'ai
été incapable de démêler les personnes entre
elles.

Parce qu'elles portaient toutes le même
nom.

En nous voyant entrer, une femme s'est
précipitée pour nous accueillir. Elle tenait une
spatule à la main.

— Je m'appelle Gordana, je suis la femme
de Slobodan. Je suis tellement contente de vous
rencontrer ! nous a-t-elle lancé, à Max et à moi.
J'ai l'impression de vous connaître déjà.

Elle s'est penchée pour faire un gros bisou à
Max. Une goutte d'huile a glissé de la spatule et

lui est tombée sur la tête. Il n'a rien remarqué, signe sans doute que l'huile n'était pas bouillante.

— Attends, ai-je dit à notre hôte. Je croyais que tu t'appelais Fred.

Avant qu'il ait pu répondre, un petit homme chauve, tout le contraire de Fred, m'a serré la main.

— Je m'appelle Slobodan. Heureux de te rencontrer. J'ai beaucoup entendu parler de toi.

Un garçon d'à peu près mon âge a pris sa place. Il m'a tendu la main.

— Salut, Charlie. Content de faire ta connaissance. Je m'appelle Slobodan.

Qu'est-ce que c'était que cet endroit ? Les rues n'avaient pas de nom, et les gens portaient tous le même !

— Tu es sûre de ne pas t'appeler Slobodan, toi aussi ? ai-je demandé à la femme de Fred.

Elle a ri en agitant la spatule comme si elle dirigeait un orchestre.

— Ne dis pas de bêtises. Slobodan, c'est un

nom de garçon. Mais tu as raison : il y a beaucoup de Slobodan, ici. Alors ils adoptent tous un prénom différent. Celui-ci, dit-elle en montrant son mari, c'est Fred. Le déplumé, là, c'est Bobo. Et le plus jeune, celui qui t'a attendu avec impatience, c'est Libero.

C'était insensé. Mais j'ai gardé cette réflexion pour moi et j'ai posé une autre question à la place.

— Pourquoi est-ce que les rues n'ont pas de nom ?

— On est en train de les changer. On a retiré les anciens noms il y a deux ans, mais on n'a pas encore mis les nouveaux.

— Le gouvernement n'arrive pas à se mettre d'accord sur les noms, m'a dit Fred. Alors les gens se perdent. C'est pour cette raison que je guettais votre arrivée par la fenêtre.

— Budinicova, qu'est-ce que ça veut dire ? ai-je demandé.

— C'est le nom d'un héros de la Seconde Guerre mondiale.

— Pourquoi est-ce qu'il a perdu sa rue ?

Fred a haussé les épaules.

— Nouveau pays, nouveaux héros, je suppose. C'est toujours comme ça.

Fred ne semblait pas enchanté. Peut-être M. Budinicova était-il un ami à lui.

Libero, Max et moi sommes sortis sur le balcon.

C'était comme une cour miniature, à cinq étages du sol. Il y avait un barbecue, mais pas de cochon. Dans des pots poussaient des tomates, des poivrons rouges et des plants ressemblant à des épinards. Au-dessus de nos têtes, des cordes à linge chargées de lessive s'entre-croisaient. Des plantes grimpantes venues du balcon de l'étage en dessous avaient envahi une partie de l'espace.

— Pourquoi t'appelle-t-on Libero ? ai-je demandé. Ça ne ressemble pas beaucoup à Slobodan.

— Fred est mon grand-père et on m'a nommé en son honneur. Alors je suis Slobodan, moi aussi. En croate, ça veut dire « liberté ». Comme je vis en Italie, tout le monde m'appelle Libero.

— Ce qui, ai-je raisonné, veut dire « liberté » en italien.

— Je vais changer de nom pour m'appeler Slobodan, moi aussi, a annoncé Max.

— Ils sont déjà assez nombreux comme ça, ai-je répondu. Essaie quelque chose de différent. *Krumpir,* par exemple.

Libero a éclaté de rire.

— C'est un super nom pour lui !

J'ai tout de suite compris que nous allions bien nous entendre, Libero et moi.

Les adultes sont venus nous rejoindre. « Pourvu que le balcon soit assez solide pour nous tous », ai-je songé.

— C'est là que nous allons, a dit Fred en montrant la mer. Dès que Gordana aura fini le pique-nique.

— Nous allons à K-r-k ? a demandé Max. L'île sans voyelles ?

— En fait, nous allons à C-r-e-s. Un de nos amis y a une petite maison.

— Petite comment ? ai-je demandé en nous imaginant tous enfermés dans une seule pièce.

— Tu vas voir, a répondu Libero. C'est minuscule, mais il y a des plages et des forêts et toutes sortes de choses à faire.

« Ce voyage ne sera peut-être pas si horrible, après tout », me suis-je dit.

Soudain, Gordana est rentrée en courant. De la fumée montait de la cuisine.

Elle avait laissé sa spatule en bois dans la poêle à frire.

Fred l'a suivie et a versé de l'eau dans la poêle. La cuisine était pleine de vapeur et de fumée. Ils sont ressortis sur le balcon en toussant, les yeux larmoyants.

Nous n'avons pas eu besoin d'appeler les pompiers, au moins.

CHAPITRE TROIS

Échappées belles

Gordana a secouru sa spatule en feu et rangé notre repas dans un énorme panier à pique-nique, puis nous avons redescendu nos bagages et tenté de tout caser à l'arrière de l'auto.

Partir en voiture n'a rien d'un projet grandiose, n'est-ce pas ? Il suffit de lancer ses sacs dans le coffre, n'est-ce pas ? En particulier lorsqu'on a deux voitures à sa disposition.

Eh bien, non.

D'abord, on doit rester là à discuter du voyage pendant des heures. C'est comme faire un casse-tête. Seulement, les morceaux sont des gens et des valises.

— Nos amis ont besoin d'un guide, a dit Bobo à Fred et à Gordana. Vous devriez monter avec eux.

— Notre panier à pique-nique est trop gros pour entrer dans leur coffre.

— Il faut que je garde de la place pour Silvia, a répondu Bobo. Ma femme a toujours une immense valise. Et si elle n'est pas assise devant, elle aura mal au cœur.

Je le connais, ce truc. C'est toujours ce que dit ma mère pour se réserver la meilleure place dans la voiture.

Nous sommes restés là, au milieu de la rue, à tenter de déterminer qui monterait dans quelle voiture, qui s'assiérait où et qui serait le plus malade. Nous avons mis tellement de temps à prendre ces décisions que des voisins, sortant la tête par leur fenêtre, ont commencé à nous donner des conseils.

— Mettez toutes les valises dans une voi-

ture ! a crié une vieille femme aux cheveux vio-
lets. Et casez les enfants dans le coffre !

Les adultes ont ri comme des fous.

Les grands ont toujours un étrange sens de
l'humour, peu importe le pays.

Max, Libero et moi avons joué au soccer
dans la rue avec une pierre en essayant de ne pas
trop nous ennuyer.

Une demi-heure plus tard, le cirque ambulant s'est mis en route. À ce train, nous n'arrive-
rions nulle part.

Quand on est vraiment fatigué, on peut dormir dans toutes sortes de conditions, y compris
dans une voiture remplie d'adultes qui piaillent
comme des perroquets.

L'instant d'après, Fred me tapait sur l'épaule.

J'ai ouvert les yeux. Nous étions sur un
pont.

— Bienvenue à K-r-k ! a annoncé Fred.

— Super, ai-je dit en refermant les yeux.

Quelques minutes plus tard, je me suis
réveillé de nouveau. Nous étions au bord de

l'eau. K-r-k n'était pas beaucoup plus grande que sur la carte postale de Fred.

— Arrête-toi près du quai, a dit Fred à mon père.

Nous sommes sortis de la voiture. Il y avait un petit quai et, de l'autre côté d'une étendue d'eau, une autre île. J'ai aperçu un traversier au loin. Il semblait trop petit pour transporter deux voitures.

— Comment est-ce qu'on va traverser ? a demandé Max.

— À la nage, ai-je répondu. Avec nos sacs à dos comme gilets de sauvetage.

Max semblait préoccupé. Fred a sorti son téléphone.

— Nous ne partons pas tout de suite, a-t-il annoncé. Le capitaine du traversier s'est arrêté pour dîner. Ça risque de prendre un moment. En général, il fait une sieste après son repas.

— Et nous, qu'est-ce qu'on fait ?

Mon père semblait presque aussi préoccupé que Max.

Le téléphone de Fred a sonné.

— Pas de problème. Le pique-nique arrive.

La voiture de Bobo a surgi en trombe au milieu d'un nuage de poussière. Libero et Gordana sont descendus de la banquette arrière et ont pris le panier à pique-nique dans le coffre.

Très lentement, la femme de Bobo, assise à l'avant, est sortie de la voiture. On aurait dit une vedette de cinéma. Elle portait un grand chapeau à larges bords et des lunettes de soleil qui lui couvraient presque tout le visage. Sa longue robe jaune battait au vent comme un drapeau.

Bobo s'est chargé des présentations.

— Voici ma femme, Silvia.

Elle nous a serré la main à tour de rôle, sans retirer ses lunettes.

— Désolée, je ne parle pas votre langue, a-t-elle dit.

— Mais oui, a rétorqué Max. Vous venez juste de le faire.

— Arrête, Max. Tu peux dire « *Ja sam*

Max », mais ça ne veut pas dire que tu connais le croate, lui a dit ma mère.

Je pense qu'elle était gênée et peut-être aussi un peu intimidée par la femme de Bobo, occupée à retoucher son rouge à lèvres.

Avec ses cheveux pareils à un nid d'oiseau, son t-shirt et ses sandales, ma mère n'avait pas du tout l'air d'une vedette de cinéma.

Gordana a étendu une couverture dans l'herbe, au bord de l'eau.

— Si c'est l'heure du dîner pour le capitaine, c'est l'heure du dîner pour nous aussi, a-t-elle décrété.

Elle a ouvert le panier à pique-nique géant. La viande qu'elle avait fait cuire était enveloppée dans du papier d'aluminium lui-même enrobé de papier journal. Gordana ne l'avait pas brûlée, en fin de compte.

— Vous devez absolument goûter mon célèbre poulet spécial « balades en voiture ».

Il s'en dégageait des arômes drôlement appétissants, surtout que nous n'avions rien mangé depuis le déjeuner, en Italie. Tous ces cochons à la broche avaient fini par me donner faim.

Le panier à pique-nique était aussi inépuisable que gigantesque. Gordana en a sorti des pots de poivrons rôtis, d'oignons marinés et de poissons fumés. Il y avait aussi un ragoût de *blitva* et de *krumpir*. La *blitva* ressemblait à des algues bouillies, mais c'était délicieux. J'ai consulté le dictionnaire. C'était une sorte d'épinards. Mon vocabulaire s'enrichissait à chaque repas.

Décidément, je commençais à ressembler à Max, l'aspirateur humain. Mais quand on attend un traversier, manger aide à tuer le temps.

Après le repas, nous avons tous fait la sieste sur la couverture. Nous étions beaucoup trop gavés pour faire quoi que ce soit d'autre.

C'est le bruit du traversier qui m'a tiré du sommeil. En me levant, je l'ai vu s'approcher lentement : c'était une simple plate-forme munie, aux deux extrémités, d'une rampe destinée aux voitures.

Le capitaine donnait l'impression de venir de se réveiller, lui aussi. Sur le pont, il bâillait et buvait du café dans un verre, sa casquette blanche posée à l'envers sur sa tête.

Une fois son bateau amarré, il est descendu. Lui et Fred se sont fait une accolade, comme de vieux amis qui ne se sont pas vus depuis des siècles.

J'imagine que c'est toujours ainsi que les gens se saluent, dans ce pays.

Nous avons entrepris la traversée de l'étroit chenal. Le bateau vibrait, trépidait, faisait un raffut d'enfer. Devant nous, des falaises rouges ont semblé jaillir de l'eau. L'île où nous allions avait l'air d'une forteresse.

Tour à tour, Libero et moi l'avons observée avec les jumelles de mon père. Au début, j'ai cru que les oiseaux fonçaient tout droit sur la falaise. Puis j'ai distingué les trous minuscules où ils avaient fait leurs nids. À croire qu'ils étaient munis d'un radar intégré !

Bobo, campé à côté de nous, a montré les falaises.

— Voilà Cres, notre destination.

Je lui ai indiqué un îlot qui se profilait au loin.

— Et là, qu'est-ce que c'est ?

— Goli Otok, l'île chauve.

L'endroit tout désigné pour Bobo... Je me suis demandé s'il avait noté la ressemblance.

Rien ne poussait là-dessus, sauf peut-être les rochers. Un gros bâtiment sans fenêtres se dressait au centre de l'île.

— Qu'est-ce qu'il y a, là-dedans ?

— Des gens. C'est une prison... J'y ai déjà fait un séjour.

Je n'ai pas su comment répondre. Je n'avais encore jamais rencontré quelqu'un qui avait fait de la prison. Je me suis demandé quel crime avait commis Bobo. Était-il un gangster ou un assassin ? Le moins qu'on puisse dire, c'est qu'il n'avait pas le physique de l'emploi.

Mon frère, qui avait épié notre conversation, a été incapable de se retenir.

— Pourquoi ? Qu'est-ce que vous avez fait ? Vous êtes un criminel ?

Pauvre Max. C'est plus fort que lui : il faut toujours qu'il dise tout ce qui lui passe par la tête. À pleins poumons, par-dessus le marché.

Bobo a ri.

— Moi, un criminel ? Non, j'ai eu un accident de voiture.

— Vous êtes allé en prison à cause d'un accident ? ai-je demandé, très étonné.

— L'autre conducteur a heurté quelqu'un et l'a tué. Puis il m'a frappé, moi. Pas de chance. C'était un type très haut placé au sein du gouvernement. Un homme très important. La police ne pouvait pas l'inculper. Alors on m'a fait porter le chapeau. Ordre du gouvernement. J'ai dû faire de la prison.

— C'est pas juste ! a crié mon frère.

— Non, a convenu Bobo. Mais on m'a quand même envoyé à Goli Otok. Personne ne s'échappe de cette île.

— C'est comme Alcatraz, ai-je dit.

— Exactement, a dit Bobo. Mais sans le *Birdman*.

Il a ri.

— Mais j'en suis sorti. Et le vrai coupable a fini par perdre de son importance. Il a fini en prison, et moi je suis libre à présent.

Pour un homme qui avait fait de la prison pour un crime qu'il n'avait pas commis, il souriait décidément beaucoup, ce Bobo.

Je me suis demandé ce qui avait bien pu pousser le gouvernement à incarcérer un innocent. Ces choses-là se produisent peut-être seulement dans les pays qui ont connu la guerre.

Pendant ce temps, Fred et le capitaine discutaient sur le pont. Le bateau savait où aller, je suppose, parce que le capitaine ne semblait pas faire très attention. Il avait terminé son café, qui a paru le réveiller pour de bon. Il pointait le doigt dans une direction puis dans l'autre, et Fred l'imitait. Ils devaient parler d'un sujet vraiment excitant.

Nous avancions lentement vers Cres, au milieu du bouillonnement provoqué par l'embarcation. Debout devant la rambarde, à la proue, ma mère prenait des photos de l'île. À la poupe, Gordana et Silvia conféraient à voix basse, l'air très grave.

Puis j'ai entendu, venant de bâbord, un *putt-putt-putt*. Je me suis tourné de ce côté. Un bateau de pêche fonçait droit sur nous.

Le capitaine ne l'avait même pas vu. Il était trop occupé à bavarder avec Fred.

Les falaises de Cres se rapprochaient peu à peu. Mais si je ne réagissais pas rapidement, nous ne les atteindrions jamais.

J'ai gravi les marches jusqu'à la passerelle. J'ai attrapé Fred par le bras et j'ai montré le bateau de pêche qui s'apprêtait à couper notre trajectoire.

Fred a écarquillé les yeux. Il a crié quelque
chose au capitaine en croate. Celui-ci a écarquillé les yeux encore plus grand. Il a actionné
la sirène, et mes tympans ont failli exploser. Puis
il a coupé le moteur et a mis en marche les rétro-
fusées ou je ne sais quel dispositif dont sont
équipés les traversiers assez gros pour transpor-

ter deux voitures. Nous avons ralenti et le bateau de pêche est passé devant nous dans une parfaite insouciance.

Nous l'avions échappé belle !

— Pourquoi est-ce qu'il ne s'est pas arrêté ? ai-je crié.

— En droit maritime, le plus petit navire a la priorité, a expliqué Fred.

Il a regardé le bateau de pêche disparaître au loin.

— Tu as sauvé le navire et tous ses passagers, Charlie, sans parler des voitures. Heureusement que l'un de nous veillait au grain !

Il m'a tapoté l'épaule avant d'agiter l'index sous le nez du capitaine.

Le reste de la traversée s'est déroulé sans incident. Lorsque nous avons accosté à Cres, mon père et Bobo, au volant des voitures, se sont engagés prudemment sur la rampe, et le capitaine s'est avancé vers moi. Il s'est mis au garde-à-vous et m'a salué. Puis il a tendu son énorme main et a serré la mienne.

— *Hvala*, a-t-il dit. Merci beaucoup.

Puis il m'a serré la main de plus belle.

Cres, malgré l'orthographe du mot, se pro-nonce « stress ». C'est Fred qui nous l'a appris, et j'ai vite compris pourquoi.

C'est à cause des routes.

J'avais déjà été en voiture sur d'étroites routes sinueuses, mais rien de comparable à celles de Cres. D'un côté, une montagne mon-tait jusqu'au ciel ; de l'autre, une falaise vertigi-neuse s'abîmait dans la mer.

Et pas le moindre garde-fou, évidemment.

Soudainement, ma mère ne la trouvait plus si magnifique, la magnifique eau bleue.

— Surtout, reste sur la route, a-t-elle dit à mon père.

— C'est mon intention, a-t-il répondu.

— Ne regarde pas en bas !

— C'est toi qui devrais éviter de le faire.

Fred a eu la sagesse de ne pas intervenir. Il avait dû passer par là des dizaines de fois.

Puis Max nous a fait son grand numéro. Le numéro du mal des transports.

Acte premier.

— Je ne me sens pas très bien, a-t-il gémi.

— Ferme tes yeux, a dit mon père. On sera bientôt là.

C'était insensé. Mon père n'avait jamais mis les pieds sur cette île. Il n'avait aucune idée de la durée du trajet.

— Je ne me sens pas très bien, a répété Max. Je pense que je vais être malade.

Acte deuxième.

— Range-toi sur le côté ! a ordonné ma mère.

— Où ça ? a répondu mon père. Il n'y a pas de place.

À ce moment précis, un vieil autocar tout rouillé nous a doublés dans une courbe en klaxonnant. Il a soulevé un nuage de poussière et de gravillons qui ont percuté le pare-brise.

Acte troisième : le dénouement spectaculaire !

Ma mère s'est tournée et a ouvert la portière du côté de Max. Juste à temps.

Adieu, célèbre poulet spécial « balades en voiture » de Gordana.

Le téléphone de Fred a sonné.

— *Da… da…*, a-t-il dit d'un air soucieux. C'était Bobo. Gare-toi sur le côté, le plus loin possible de la voie.

Par chance, nous étions du côté de la montagne et non de celui sans garde-fou, où nous aurions risqué une chute vertigineuse dans le vide.

Une minute plus tard, pendant que ma mère débarbouillait Max, un énorme camion est passé. Il prenait presque toute la largeur de la route. Du côté rocheux de la montagne, il y avait tout juste assez de place pour nous.

Le camion transportait des cochons. Des centaines de cochons couinants qui ne semblaient pas tellement apprécier leur équipée, eux non plus.

Le téléphone de Fred a sonné de nouveau.

— On peut y aller, a-t-il dit. Tout va bien.

— Parle pour toi, a dit ma mère, tout bas.

À la façon d'un éclaireur accompagnant des explorateurs partis à la découverte du Far West, Bobo nous prévenait des dangers imminents. Sauf qu'il utilisait son téléphone cellulaire plutôt que des signaux de fumée.

Malheureusement, il ne voyait pas tout.

Les chèvres, par exemple.

Au moment où nous nous engagions dans notre centième virage en épingle, mon père a freiné brusquement. Nous avons tous été projetés vers l'avant.

Un troupeau de chèvres obstruait la voie. Elles mâchouillaient gaiement les mauvaises herbes qui poussaient dans les fissures de la chaussée.

En nous apercevant au milieu de la route étroite, à quelques dizaines de centimètres du précipice, elles ont semblé très heureuses. Vous avez déjà vu une chèvre sourire, vous ?

— Je les connais, ces chèvres ! s'est exclamé Fred.

— Personnellement ? a demandé ma mère.

— Mais oui, a-t-il répondu. Ce sont les chèvres de Branko. Nous sommes donc presque arrivés. Plus que quelques virages et on descend jusque chez lui, tout en bas.

— Tout en bas ? a répété ma mère avec appréhension.

— Toi qui les connais si bien, ces chèvres, tu ne pourrais pas leur demander de s'ôter de là ? a risqué mon père.

Fred est sorti de la voiture et a commencé à engueuler les chèvres en croate. À contrecœur, elles se sont écartées. L'une d'elles s'est approchée du bord de la falaise et a contemplé la mer, des millions de kilomètres plus bas.

— Regarde-la, celle-là, a lancé mon père à ma mère. Le moins qu'on puisse dire, c'est qu'elle n'a pas le vertige.

— C'est une chèvre, pas une personne, a-t-elle répliqué.

Là, elle n'avait pas tort. On ne les appelle pas « chèvres de montagne » pour rien.

Branko, le propriétaire des chèvres et de la maison où nous allions loger, avait un visage de taureau, la peau foncée et tannée, et les dents de travers. Plutôt effrayant, sauf son sourire.

— Branko Vukmirovitch ! m'a-t-il crié.

Il m'a tendu une main de la taille d'une assiette.

Je devais la serrer. Mais j'étais pleinement conscient de ce qui m'attendait.

Ça n'a pas raté. Il a pulvérisé la mienne. Puis il m'a asséné une claque entre les omoplates.

— *Dobro sine!* a-t-il crié.

Je n'avais aucune idée de ce qu'il voulait dire, mais j'ai souri à tout hasard.

Ils étaient tous pareils, ici. Ils étaient toujours ravis de se revoir et ils manifestaient leur joie en s'écrabouillant mutuellement les côtes et en échangeant de monstrueuses poignées de main. Quand Branko a voulu répéter le manège avec mon petit frère, Max a détalé et s'est caché derrière ma mère, qui avait déjà eu droit à une accolade à couper le souffle.

Ensuite, Branko s'est arrêté devant Silvia. Elle lui a tendu la main, comme une vraie vedette de cinéma, et il l'a portée à ses lèvres. Il est devenu rouge jusqu'aux oreilles.

Branko prenait autant de plaisir à cultiver des fleurs qu'à broyer la main des gens. La maison était couverte de plantes grimpantes aux corolles violette et rose, et des pots de fleurs s'alignaient le long de la véranda.

— Oh ! des bougainvillées ! s'est exclamée ma mère.

— *Da, da !* a crié Branko à pleins poumons, visiblement ravi.

Je suppose que ces fleurs portent le même nom en croate que dans notre langue. Pratique, mais ça ne facilitait pas beaucoup la conversation. Branko a cueilli une fleur violette et l'a offerte à ma mère, qui l'a glissée derrière son oreille.

— Installons-nous ! a déclaré Fred.

Mais Branko a d'abord tenu à nous faire découvrir son royaume. Nous avons visité la cour, équipée d'une table à pique-nique surmontée de plantes grimpantes. La cour ressemblait un peu au balcon de Fred, en cinq fois plus grand. À côté de la table se trouvait, évidemment, un foyer géant où faire rôtir de gros animaux à la broche. De l'autre côté de la maison, des moutons paissaient dans l'herbe et des poules se disputaient des vers de terre. Et, au bout de l'allée, la mer.

Fred a dit quelque chose à Branko, qui a hurlé de rire.

— Il laisse toujours ses chèvres aller sur la route. Elles obligent les gens à ralentir avant la dernière grande côte. Sinon, ils finissent par emboutir sa maison ou par tomber dans l'eau, au bout du chemin.

Il a montré le rivage.

— Branko veut vous faire voir son yacht.

Fier comme un paon, Branko nous a guidés jusqu'au bord de l'eau. Une grande barque en bois était échouée sur la plage rocailleuse. L'embarcation était peinte de différentes teintes de bleu et une ancre rouillée empêchait les vagues de l'entraîner vers la mer.

Une longue conversation s'est engagée. Branko désignait l'eau en gesticulant. Fred nous a montrés du doigt, Max et moi. Bobo a agité l'index sous le nez de Branko. Sa femme Silvia a croisé les bras et hoché la tête.

— Qu'est-ce qu'ils disent ? a demandé Max.

Je parlais très peu le croate, mais je parvenais tout de même à comprendre de quoi il retournait. Branko nous invitait à faire un tour de bateau. Fred était d'accord, mais Bobo ne voulait rien entendre. Et Silvia lui donnait raison.

Je voyais pourquoi. L'intérieur de l'embarcation était recouvert de multiples couches de goudron épaisses, puantes et poisseuses, qui avaient pour but d'empêcher l'eau de s'y infiltrer. Moi, ça ne me dérangeait pas, mais je voyais mal la femme de Bobo prendre place dans le « yacht » de Branko.

Lorsque nous avons transporté nos bagages jusque dans la maison, j'ai compris pourquoi Branko n'était pas pressé de nous en faire voir l'intérieur. La véranda était géniale, la cour aussi, mais il n'y avait qu'une seule pièce où Max, Libero et moi pourrions dormir, et c'était le salon. Les adultes passeraient à deux pas de nos têtes, de jour comme de nuit. Autant dormir dans une gare. Zéro intimité.

Libero a lu dans mes pensées.

— C'est comme ça, ici, a-t-il expliqué. En vacances, on se rapproche.

Pour être proches, nous serions proches.

CHAPITRE QUATRE

Voleurs de poissons !

Très tôt, le lendemain matin, mon père s'est glissé dans le salon pour nous réveiller. Nous allions à la pêche. Lui-même dormait debout, ou presque.

— Grouillez-vous, vous deux, a-t-il chuchoté.

— Et Libero ? ai-je demandé.

— Il n'y a pas assez de place pour tout le monde. Ne t'en fais pas. Il est souvent allé à la pêche.

Fred et Branko nous attendaient sur la

véranda avec des tasses de café fumant et d'épaisses tranches de pain. Fred m'en a tendu une. Le pain était presque noir. Peut-être était-il fait de charbon.

Max, lui, ne s'en est pas formalisé. Il a engouffré sa tranche de pain sans se donner la peine de mastiquer. Encore une fois, l'aspirateur humain a tout dévoré sur son passage !

Sur la table, j'ai aperçu une bouteille de liquide clair où flottait quelque chose. Des algues, peut-être.

J'ai cligné des yeux et regardé de nouveau.

Ce n'étaient pas des algues. Il y avait un serpent dans la bouteille !

Branko l'a saisie et a versé un peu de liquide dans trois petits verres : un pour lui, un pour Fred et un pour mon père. Par chance, il ne nous en a pas offert, à Max et à moi.

Mon père a pris son verre et m'a lancé un regard signifiant « Advienne que pourra ! ».

Je n'arrivais pas à croire qu'il allait boire ce truc. Et si le serpent était encore vivant ? Moi, je me serais d'abord assuré qu'il était mort. Mon père ? Pensez-vous…

Il a avalé le liquide et son visage s'est contorsionné dans tous les sens. Il a plaqué une main sur sa bouche pour s'empêcher de tousser.

Fred et Branko, eux, se donnaient de grandes tapes dans le dos, comme s'ils venaient de remporter la coupe Stanley.

Un concours, peut-être ? C'était à qui engloutirait le plus grand nombre de verres de jus de serpent à six heures du matin, sans y laisser sa peau ?

En Croatie, on déjeune à ses risques et périls !

Sur les galets du rivage, nous avons poussé et tiré la lourde embarcation en bois jusque dans l'eau. Des bandelettes de goudron se décollaient du fond du bateau.

— Tu crois que c'est dangereux ? a demandé Max à voix basse.

— N'aie pas peur, ai-je répondu. La mer est calme et Branko sort sans doute pêcher tous les jours.

Malgré les doutes de Max, nous avons pris place à bord du bateau, dans lequel, soit dit en passant, il n'y avait aucun gilet de sauvetage. Peut-être les rames flotteraient-elles…

Branko a retiré sa chemise, puis il s'est assis et, à l'aide des rames, nous a propulsés vers la mer. Il était très costaud et très poilu. C'était comme aller à la pêche avec un ours.

Pendant que Branko ramait, Fred s'est mis à chanter d'une voix rauque et sonore. Branko s'est joint à lui. À ce train, il risquait de faire fuir tous les poissons de la mer.

Après, Fred a dit :

— C'était une chanson de pêcheurs. Ça va nous porter chance.

Ma mère aurait été heureuse, ici, à écouter des chansons de pêcheurs sur les eaux bleu-vert toutes calmes. Mais les femmes ne sont pas admises à bord des bateaux, m'a expliqué Fred, même si tous les bateaux portent un nom de femme. Les pêcheurs croient qu'elles leur porteraient malheur. Si une femme prenait place dans une embarcation, a précisé Fred, il y aurait fatalement une énorme tempête avec des vagues monstrueuses. Ou alors, une baleine avalerait la barque tout rond, comme dans *Moby Dick*.

Si vous voulez mon avis, ce n'est encore qu'une superstition, comme celle qui veut qu'on ne doive pas ouvrir un parapluie dans la maison.

Nous n'allions pas vraiment pêcher, en fin de compte. Branko nous a emmenés jusqu'à l'endroit où, la veille, il avait déployé ses filets, marqués par de petites bouées en plastique ballotant sur l'eau. Des mouettes se sont rassemblées au-dessus de nos têtes dans l'espoir d'obtenir un déjeuner gratuit.

— Remontez les filets, a ordonné Fred.

Mon père, Max et moi avons empoigné les filets, tandis que Branko s'asseyait de l'autre côté de l'embarcation pour l'empêcher de trop pencher de notre côté.

— Oh! Hisse! a fait Fred.

Pendant ce temps, Branko fumait sa pipe

et souriait, heureux de nous laisser faire le travail.

— Je me demande ce que nous allons attraper, a dit Max.

— Peut-être un requin, lui ai-je répondu.

Il a laissé tomber le filet.

— Un requin ?

Fred a ri.

— Nous n'avons pas trop de requins, par ici. Ce que nous voulons, c'est le repas de ce soir.

Je n'aurais jamais cru qu'il était aussi difficile de pêcher. Les filets m'ont brûlé les doigts en un rien de temps. La corde râpeuse m'a donné des ampoules et l'eau salée me piquait la peau.

Le filet était trop lourd pour Max, qui a malgré tout refusé de s'avouer vaincu. Il s'est penché au bord du bateau pour l'attraper. Il soufflait comme un bœuf, le visage écarlate.

Tout à coup, nous avons entendu un grand *plouf*! Rien à voir avec un requin, cependant.

Max était tombé la tête la première dans le

filet à moitié submergé. Il toussait et s'ébrouait à la manière d'un petit chien de mer.

Évidemment, il était beaucoup trop emmêlé dans le filet pour courir le moindre risque.

— Un homme à la mer ! a crié Fred.

— Je pense que nous en avons attrapé un gros ! ai-je lancé.

Max, frénétique, faisait la nage du chien.

— C'est pas drôle ! a-t-il hurlé. Sortez-moi de là !

Je me suis penché sur le bord de l'embarcation et mon père m'a retenu par la ceinture pour m'éviter de finir comme Max. J'ai attrapé la main de mon frère et j'ai tiré de toutes mes forces.

Peut-être parce qu'il était imbibé d'eau, Max pesait une tonne. Fred a dû me donner un coup de main.

— Oh ! Hisse ! a crié mon père.

Nous avons réussi à remonter Max, qui a atterri au fond du bateau comme un poisson tout juste sorti de l'eau.

Pendant ce temps, Branko soufflait des nuages de fumée et observait tranquillement la scène.

— *Qu'est-ce qu'on va faire du marin ivre ?* a chanté Fred.

— Je ne suis pas un marin ivre ! a insisté Max.

« Non, ai-je songé. Un vrai marin ne serait pas tombé dans un filet. »

Max s'est assis sur le banc. Il était trempé comme une soupe. Il a fait semblant de s'intéresser aux mouettes qui tournaient au-dessus de nos têtes, mais je savais qu'il était mort de honte.

Nous avons fini de remonter les filets. J'étais prêt à attraper les poissons qui s'y trouvaient. Je savais qu'ils seraient vifs et glissants.

Je me suis penché et c'est alors que j'ai vu.

Les filets étaient vides. Il n'y avait pas un seul poisson dedans.

— Quelqu'un a coupé les filets ! s'est écrié Fred.

Il en a tiré une partie hors de l'eau. Quand Branko a vu qu'on avait tailladé ses filets à coups de couteau, il a brutalement remis les avirons en place et a ramé avec fureur vers la terre ferme en maugréant tout bas. Nul besoin d'un dictionnaire pour comprendre ce qu'il disait.

— Qui a fait le coup, à ton avis ? a demandé mon père à Fred.

— Branko est en guerre avec son voisin, a répondu Fred. Ce n'est pas la première fois qu'on lui vole ses poissons.

— Il ne pourrait pas prévenir la police ?

— Ça ne ferait qu'envenimer la situation. Les choses sont un peu compliquées, ici.

En me rappelant l'histoire de l'emprisonnement de Bobo, je me suis dit que, sur ce point, Fred n'avait peut-être pas tort.

Libero nous attendait sur le rivage. Dans un sac, il avait nos masques de plongée et nos chaussures de plage. Pendant que nous escaladions un promontoire escarpé, je lui ai dit que Max était le seul poisson que nous avions capturé et que les filets avaient été coupés.

— Par un voleur de poissons, a expliqué Max.

— Branko et son voisin sont en chicane depuis des années, a dit Libero.

— Pour une affaire de poissons ? s'est étonné Max.

— Non. De politique.

— Quelqu'un vole ses poissons à cause de la politique ?

— C'est comme ça, ici, a répondu Libero. Dans certains cas, des voisins sont des ennemis jurés parce que leurs arrière-grands-pères se sont querellés, il y a un siècle. Les gens n'oublient jamais rien, par ici. Comme les éléphants. Et c'est parce qu'ils ont la mémoire si longue que les chicanes se poursuivent. C'est pour ça que je vis maintenant en Italie. Mes parents n'en pouvaient plus.

Ma mère répète toujours que la rancune est

un gaspillage d'énergie. En Croatie, on ne connaît pas cette expression, je suppose.

Nous avons suivi un sentier raboteux et abouti au bord d'une anse. La plage était recouverte de galets brillants de formes et de tailles variées. Pas le moindre grain de sable en vue. Pas étonnant que Libero ait songé à prendre nos chaussures.

Trois filles étaient allongées sur des matelas gonflables. Nous nous sommes rapprochés et Libero leur a dit quelques mots en croate. Les filles ont répondu en pouffant de rire.

— Qu'est-ce qu'elles ont dit ? ai-je demandé.

— Aucune idée. Je pense qu'elles parlent slovaque, mais je n'en suis pas certain.

J'ai demandé aux filles :

— Vous parlez français ?

— *Oune pou*, a répondu l'une d'elles.

Puis elle a tenu en l'air son pouce et son index pour illustrer l'étendue de ses connaissances. Une fourmi n'aurait pas pu se faufiler dans cet espace.

Les filles ont ri et ont bondi sur leurs pieds avant de se jeter à l'eau. Libero et moi les avons suivies. Max a décidé de se laisser sécher avant de se baigner de nouveau. Il s'est affronté lui-même dans un concours de ricochets sur l'eau.

Nous avons enfilé nos masques de plongée et avons dépassé les filles. L'eau était si claire que je distinguais les moustaches des poissons qui nageaient sous moi. J'ai refait surface et tenté d'engager la conversation avec les filles, mais il était difficile de nager et de parler en même temps, surtout dans une langue que je ne connaissais pas. J'ai essayé l'anglais et l'espagnol, Libero l'italien, mais les filles ne faisaient que rire.

Le problème, dans cette région du globe, c'est qu'il y a trop de langues. Ce serait tellement plus simple si tout le monde parlait la même ! Mais laquelle ?

Nous avons renoncé et recommencé à faire de la plongée. Sous l'eau nageaient des poissons de toutes les tailles et de toutes les couleurs, des poissons-anges aux aiguilles de mer, du bleu néon au jaune vif et au noir.

Je me suis demandé comment les poissons communiquaient entre eux. Parlaient-ils tous la même langue ? Ou étaient-ils en froid, comme Branko et son voisin ?

Quand j'ai eu la peau aussi plissée qu'un pruneau, j'ai regagné le rivage. Libero s'est dirigé vers les rochers qui marquaient la fin de la plage. Je l'ai suivi, Max sur mes talons. Une falaise se dressait à cet endroit, et nous l'avons escaladée.

Après s'être assuré que les filles regardaient de notre côté, Libero a dit :

— Regardez ça.

— T'es sûr ? ai-je dit.

Le sommet me semblait à des kilomètres au-dessus de la mer.

Il a plongé et a aussitôt refait surface au pied des rochers.

— Il n'y a pas de danger ! a-t-il crié. J'ai fait ça des tas de fois.

J'ai pris une profonde inspiration. La marche était haute. Je me suis laissé tomber en visant un point à côté de Libero et me suis engouffré dans l'eau. Quelques secondes plus tard, je nageais tout près de lui.

Max, évidemment, n'a pas voulu être en reste. Il a escaladé une partie de la falaise, puis il s'est lancé et a terminé sa course par un plat terrible.

Son ventre a claqué sur l'eau en premier. Aie ! Les filles ont ri comme des baleines. Il avait attiré leur attention, aucun doute là-dessus.

Pendant ce temps, trois garçons s'étaient

aventurés sur la plage. Libero et moi avons vu les filles regagner le rivage à la nage, prendre leurs matelas et s'en aller. Elles nous ont salués de la main en prononçant quelques mots.

— Je me demande ce qu'elles racontent, ai-je dit à Libero.

— Qui sait ? a-t-il répondu. « Meilleure chance la prochaine fois », peut-être.

Nous avons décidé de rentrer à la maison. Nous sommes montés d'un côté du promontoire et redescendus de l'autre, puis nous avons abouti dans les bois derrière chez Branko. Son coq chantait, même si le soleil était levé depuis longtemps.

Soudain, nous avons entendu des voix.

Libero a mis son index devant sa bouche et nous nous sommes cachés derrière un arbre. Quelques instants plus tard, nous avons vu Branko et Fred marcher à vive allure dans les bois.

Ils marchaient si vite que c'en était suspect, a remarqué le Sherlock Holmes en moi.

J'ai aussi noté un autre détail intrigant. Le gros sac de toile que Fred tenait à la main était tout dégoulinant.

Branko et lui riaient et parlaient fort.

Je me suis tourné vers Libero, qui avait les yeux écarquillés.

Une minute plus tard, les hommes ont disparu au milieu des arbres.

— Qu'est-ce qu'ils ont dit ? lui ai-je demandé.

— Pas croyable ! Ils sont allés reprendre les poissons volés !

— Comment ?

— Ils se sont introduits dans la maison du voisin pendant sa sieste, ils ont ouvert la porte du réfrigérateur et pris les poissons. Ils ont dit qu'ils l'avaient même entendu ronfler !

Quel pays ! Des adultes qui piquent la nourriture de leurs voisins !

— Là où je vis, personne ne ferait une chose pareille, ai-je dit à Libero.

— Chez moi non plus, mais Cres est une île

un peu particulière, a-t-il répondu en secouant la tête.

— Au moins, nous aurons quelque chose à manger, ce soir, a souligné Max.

Vers la fin de l'après-midi, un feu ronflait dans le foyer extérieur et la table était mise. Je n'avais encore jamais vu une table pareille. Elle était en pierre et la mousse qui poussait sous les assiettes et les verres faisait comme une nappe vivante.

— Il faut que je prenne une photo ! a crié ma mère en courant chercher son appareil.

Gordana prenait la nourriture sur le gril et la déposait sur la table. Il y avait des courgettes, des tomates et des poivrons rouges bien rôtis. Elle n'avait pas fait griller la salade, mais elle l'avait décorée avec des fleurs du jardin de Branko.

En la voyant sortir le poisson, Fred s'est frotté les mains.

— Daurade royale, nous a-t-il dit. Le meil-

leur poisson de toute la mer. Consacré à Aphro-
dite.

— C'est qui ? ai-je demandé.

— La déesse de l'amour et de la beauté, chez
les Grecs.

J'ai jeté un coup d'œil au poisson plissé et
noirci en me demandant ce que la déesse de
l'amour et de la beauté pouvait bien lui trouver. Fred et Gordana ont posé avec le poisson
pour ma mère. Puis ç'a été notre tour. Max a
fait des oreilles de lapin derrière la tête du poisson. Puis nous avons tous mis des fleurs dans
nos cheveux pour ressembler à la salade de
Gordana.

Nous tenions la photo officielle du cirque
ambulant !

— Max, a chuchoté Libero, ne dis rien à
propos de la provenance du poisson.

Max se moquait bien de savoir d'où venait
la nourriture, à condition qu'il y en ait beaucoup.

Mais ce n'était pas Max qu'il fallait craindre.

— D'où vient ce poisson ? a demandé mon
père.

Fred a dévisagé Branko. Celui-ci a détourné
les yeux, puis il a été pris d'une quinte de toux.
Les deux hommes ont éclaté de rire, sans rien
répondre.

Mon père semblait perplexe. Mais, pour une
fois, il ne m'a pas plongé dans un profond
embarras en insistant.

Bien vite, il n'est resté du poisson que la tête
et les arêtes.

— Charlie, m'a dit Fred d'un ton grave, tu
manques le meilleur.

Tel un chirurgien, Fred a pris son couteau et
a fait une incision juste sous les yeux du poisson.
Très délicatement, il a prélevé un petit morceau
de chair avec la pointe de la lame.

— Les joues, a-t-il déclaré en brandissant le
petit bout de chair comme si c'était un diamant.
Un régal sans pareil.

Avant que j'aie pu songer à un moyen
d'échapper à la joue de poisson, il l'a lui-même

gobée. Je l'avais échappé belle, encore une fois !

Lorsque Fred est allé chercher la bouteille avec le serpent, Libero m'a dit :

— J'ai le DVD de *La Folle Histoire de l'espace*, mais il y a des blagues que je ne saisis pas. Tu veux regarder le film avec moi et m'aider à comprendre ?

Nous sommes rentrés dans la maison, Max dans notre sillage.

Libero a étudié notre langue à l'école, mais il y a des choses qui ne s'apprennent pas dans les livres. Chaque fois que le sens d'une blague lui échappait, il arrêtait le film et me demandait de la lui expliquer. Ce n'est pas la meilleure façon de regarder un film, mais ça ne m'a pas dérangé. J'avais vu *La Folle Histoire de l'espace* si souvent que je le connaissais par cœur.

Certaines blagues avaient du mal à franchir l'Atlantique. Mais comme j'avais enfin l'occasion de lui rendre la pareille en lui servant d'interprète, j'ai fait de mon mieux pour l'aider à s'y retrouver.

Libero comprenait, mais il ne riait pas. Les blagues ne s'expliquent pas, je suppose.

Et c'est alors que tout est devenu noir. Pas seulement à l'écran. La maison au grand complet.

— C'est fréquent, a dit Libero. Ici, l'électricité fonctionne quand ça lui plaît.

Avec précaution, nous nous sommes glissés dans la cuisine, à la recherche d'une lampe de poche.

— J'entends de la musique, ai-je dit. Comment est-ce que c'est possible ?

— Allons voir ça.

— Attendez-moi ! a crié Max en s'avançant gauchement dans le noir.

Nous sommes sortis sur la véranda. Le feu couvait toujours, mais il n'y avait personne. Une chandelle était allumée dans une petite lanterne. Je l'ai prise.

La musique venait de plus loin.

Nous avons descendu les marches et contourné la table de pierre. L'air embaumait le poisson grillé. Nous avons laissé la cour derrière nous et les ténèbres nous ont engloutis.

— Suivez-moi, a dit Libero.

Nous avons longé la maison de Branko. Il n'y avait pas de lune et les étoiles ne produisaient pas beaucoup de lumière. Je ne voyais rien, mais je sentais les cailloux sous mes semelles. Nous marchions dans l'allée qui bordait le champ où nous avions garé les voitures.

J'ai vu les ombres de chèvres broutant des arbustes. Nous avons franchi une rangée d'arbres.

Tout d'un coup, la musique est devenue plus forte et une violente lumière m'a aveuglé.

Je n'en croyais pas mes yeux.

Notre voiture était là, stationnée dans le champ, entourée de quelques chèvres curieuses. Les quatre portières étaient ouvertes. Dans l'éclat des phares, j'ai vu mes parents, Fred, Gor-

dana, Bobo et Silvia. Ils dansaient dans le champ au son de la musique diffusée par les haut-parleurs de la voiture.

Fred tournoyait avec Gordana. Pour un vieux, il ne se défendait pas trop mal.

Je n'aurais pas pu en dire autant pour mes

parents. Ils trébuchaient sans cesse sur des mottes de terre et des taupinières.

Le danseur le plus étrange, c'était Bobo. Il sautillait sur place au rythme de la musique en se martelant la poitrine à coups de poing, comme King Kong dans le vieux film. Derrière ses lunettes de soleil, Silvia le dévisageait en secouant la tête.

— Ils sont devenus fous, a dit Max, soucieux. Il faut faire quelque chose !

— Le serpent les a mordus, a dit Libero. La seule solution, c'est de nous joindre à eux.

Nous sommes entrés dans la clarté des phares et nous avons commencé à danser. Nous n'étions pas très doués, mais je m'en moquais. Sur le sol, devant nous, nous projetions des ombres géantes.

Soudain, d'autres ombres ont commencé à danser avec nous.

Je n'en revenais pas. Les filles de la Slovaquie s'étaient invitées à notre fête !

Et vous savez ce que j'ai découvert ?

Quand on danse avec des gens dans la lumière des phares d'une voiture au son de la musique croate, on n'a pas besoin de parler la même langue pour se comprendre.

CHAPITRE CINQ

L'armée de brouettes

Après une semaine à Cres, nous avons fait nos bagages et mis le cap vers l'île suivante, Vrgada. Gordana y était née et, dans la carte postale que j'ai trouvée sous la cuisinière, celle qui était à l'origine de ce cirque ambulant, Fred nous avait promis que nous irions la visiter.

Mais d'abord, nous avons eu droit à une autre grande scène d'adieux ainsi qu'à une partie de chaises musicales avant que chacun trouve sa place dans les voitures.

Malheureusement, Libero devait rentrer

chez ses parents, en Italie. Bobo et Silvia l'y conduiraient, puis ils retourneraient au travail.

— On s'amusera moins sans toi, lui ai-je dit. Quand tu ne seras plus là, qui va m'expliquer ce qui se passe ?

— Tu vas devoir deviner, je suppose, a-t-il dit. Bonne chance !

Nous ne savions pas si nous devions nous étreindre à la mode croate ou seulement nous serrer la main. Alors nous avons fait les deux.

J'étais triste de le voir partir avec Bobo et Silvia.

— J'irai te voir un jour, lui ai-je promis.

— À moins que j'aille te rendre visite avant.

Et ils se sont mis en route.

Ce qu'il y a de bien, en voyage, c'est qu'on rencontre toutes sortes de personnes avec qui on se lie parfois d'amitié, comme Libero, par exemple. Le seul hic, c'est qu'il faut les quitter, tôt ou tard.

Je me suis juré de revenir lui rendre visite pour vrai.

En me retournant, j'ai vu les membres de ma famille, plus Gordana et Fred, plantés là : ils étudiaient notre petite voiture comme s'il s'agissait d'un casse-tête.

Ma mère s'est glissée sur le siège avant, côté passager.

— Si je ne suis pas devant, j'ai mal au cœur.

— Quant à moi, s'est empressé de dire mon père, je conduis. Il faut donc que je sois devant.

— Je veux être devant, a gémi Max. Sinon, je vais avoir mal au cœur, moi aussi.

— Mais non, a dit Gordana à Max. Je vais te raconter une histoire à propos de l'endroit où nous allons et tu en oublieras d'être malade.

Ma mère a eu la place qu'elle convoitait, mais elle a dû la partager avec l'énorme panier à pique-nique de Gordana. Nos bagages remplissaient le coffre. Sur la banquette arrière, à quatre, nous n'avions même pas assez de place pour nous chamailler, Max et moi.

Nous avons entrepris d'escalader la montagne par le chemin tortueux.

— Défense de vomir, ai-je rappelé à Max.

— J'ai le droit de vomir, a-t-il riposté. Ce n'est pas à toi de me dire quoi faire !

— En plein le genre de conversation dont nous pourrions nous passer, a dit ma mère.

— Nous nous dirigeons maintenant vers la côte dalmate, a dit Gordana à Max.

— Dalmate ? a crié Max. Comme les chiens dalmatiens ?

— Exactement, ai-je dit. Les habitants de la région sont blancs avec des taches noires.

— En fait, a corrigé Fred, ils sont noirs avec des taches blanches.

— Comme moi ! a lancé Gordana gaiement. Parce que c'est de là que je viens.

Max l'a examinée en plissant les yeux. Je voyais bien que les rouages de son cerveau tournaient à plein régime. Gordana était-elle vrai-

ment noire avec des taches blanches ? Était-ce pour cette raison qu'elle portait une chemise à manches longues ?

Il n'a pas osé poser la question.

Le temps qu'il finisse d'y penser tout en jetant des coups d'œil furtifs à Gordana quand il croyait qu'elle ne le voyait pas, nous avions traversé toutes les montagnes et longé toutes les falaises. Il en avait oublié d'avoir mal au cœur.

Le truc de Gordana avait fonctionné !

Cette fois, le capitaine du traversier a gardé les yeux grands ouverts. Je n'ai pas eu à sauver le bateau du naufrage. Nous avons rejoint la terre ferme, là où la route est plate et droite, mais nous ne pouvions pas aller très vite malgré tout. Au milieu de la route, il y avait toujours une vieille dame en tablier au volant d'un tracteur ou un homme chancelant, juché sur une vieille bicyclette.

L'île de Vrgada était juste un peu plus loin le long de la côte, mais nous allions mettre toute la journée pour y arriver.

Au bout de deux ou trois heures, mon père a déclaré :

— Je suis fatigué de conduire. Que diriez-vous d'une pause ?

Nous avons quitté la grand-route pour entrer dans le village le plus proche. La rue principale était si raboteuse que ma tête heurtait le plafond chaque fois que la voiture s'enfonçait dans un nid-de-poule. Cette rue était faite pour les chevaux, peut-être pour les tracteurs, mais certainement pas pour les voitures.

Nous nous sommes arrêtés devant une église érigée sur une petite place bordée de saules. Mon père est descendu et a aussitôt commencé à faire des exercices d'assouplissement, à toucher ses orteils avec le bout de ses doigts. Il n'y arrivait pas tout à fait. J'espérais de tout cœur que personne ne nous voyait.

Deux chats maigrichons étaient pelotonnés devant la porte de l'église. Ils ont dévisagé mon père, ont bâillé et se sont étirés pour lui montrer comment faire.

Ma mère a pris des photos des chats, comme s'il n'y en avait pas à Montréal. Elle avait peut-être l'intention de les montrer à Miro pour lui faire comprendre qu'il menait une vie de pacha avec nous.

Gordana a cherché une collation pour Max dans le panier à pique-nique. Une minute plus tard, il avait tout englouti.

— Allons explorer, m'a-t-il supplié.

— Vas-y, toi, ai-je répondu. Évite juste de te perdre.

Je savais que Max se perdrait par exprès, selon sa vieille habitude. Il a bondi et a couru vers l'église, effarouchant les chats. Il a tiré sur la porte, mais elle était verrouillée.

Quelques secondes plus tard, il était de retour.

— Il n'y a personne, a-t-il gémi.

— Va faire quelques pas avec Max, m'a ordonné ma mère. Mais revenez dans cinq minutes.

— C'est ton travail d'été, a dit mon père.

Très drôle. Si j'étais payé pour m'occuper de Max, j'aurais largement de quoi acheter une voiture assez grande pour nous tous.

Nous sommes passés devant l'église et sommes entrés dans le village. Les lieux étaient déserts. On se serait cru dans une ville fantôme. Peut-être les villageois travaillaient-ils dans les champs, mais, au fond, je n'y croyais pas. Les maisons étaient barricadées, comme si plus personne n'y habitait. Il n'y avait même pas d'oiseaux.

En longeant une vieille grange en bois, j'ai commencé à avoir froid dans le dos. Nous avons abouti dans une rue dont la chaussée était crevassée. De l'autre côté, toutes les maisons étaient en ruine.

Les toits étaient crevés et les vitres avaient volé en éclats. Le feu avait noirci les murs et certains avaient d'énormes trous.

À l'intérieur, il n'y avait plus rien, comme si quelqu'un avait tout volé – des meubles aux tableaux accrochés aux murs.

— Qu'est-ce qui s'est passé ? a murmuré Max.

Il a fait un pas vers une maison détruite. Je l'ai retenu.

— Non. Regarde.

Près de la maison, un écriteau cloué de travers à un arbre à moitié mort indiquait : *Pazi – Mine/Danger – Mines.* Avec la tête de mort et les tibias en complément, le message était on ne peut plus clair.

— Des mines de charbon ? s'est étonné Max. Je n'en vois pas.

— Ces mines-là sont des bombes enterrées dans le sol. Elles explosent quand on marche dessus.

Max a figé.

La moitié des maisons du village étaient en parfait état et l'autre moitié en ruine. Et l'endroit au grand complet était désert.

J'ai fini par comprendre. La guerre.

— Allons chercher Fred, ai-je dit à Max.

Nous avons couru jusqu'à la place où était garée la voiture. Mes parents, Fred et Gordana étaient assis sur un banc, devant l'église. Ils riaient et racontaient des histoires, comme si tout allait pour le mieux dans le meilleur des mondes.

— Je veux te montrer quelque chose, ai-je dit à Fred.

Mes parents nous ont regardés. Ils se sont levés immédiatement. Un indice qu'ils avaient surpris sur nos visages, sans doute. S'il était comme celui de Max, le mien était d'un blanc spectral.

Ils nous ont suivis à travers le village désert. Tout était silencieux, exception faite du vrombissement d'un lointain tracteur.

— Que s'est-il passé ? a demandé ma mère.

Je ne savais pas comment le lui expliquer. Elle comprendrait bien assez tôt.

Dans la rue qui séparait le village en deux, mes parents se sont arrêtés brusquement, comme nous l'avions fait.

Personne n'a rien dit pendant un long moment.

— J'ai entendu parler de ça, a dit Fred. Des gens tués et chassés par leurs voisins. Je ne voulais pas le croire, je suppose.

— Je t'ai toujours dit que c'était vrai, a dit

Gordana, qui tremblait presque de colère. Tu n'as plus le choix de me croire, à présent.

— Où est passé tout le monde ? ai-je demandé. Le village est vide. Où sont les gens dont les maisons tiennent encore debout ?

Fred a indiqué les maisons calcinées.

— Ces gens-ci ont été forcés de partir, même s'ils habitaient là depuis toujours. Qui sait où ils sont, aujourd'hui ?

Il s'est tourné et a montré la portion du village encore intacte.

— Ils ont été chassés par ces gens-là.

— Mais ils ne sont plus là, eux non plus.

— Ils sont partis à cause de la honte, a expliqué Gordana.

J'ai alors remarqué des mots peints à la bombe aérosol sur le mur d'une maison incendiée.

— Qu'est-ce que ça dit ?

— Je ne peux pas te le dire, a répondu Fred. Enfin, je pourrais, mais je ne veux pas. Je regrette.

Nous avons marché en silence, puis nous sommes remontés dans la voiture. À côté de moi, Fred et Gordana regardaient dans le vide, comme des statues. Ils n'avaient pas envie de parler de ce que nous avions vu et je n'ai pas posé de questions, même si j'en avais plusieurs en tête.

Je me demandais ce qui avait bien pu pousser des gens à déclarer la guerre à des voisins qu'ils côtoyaient depuis toujours. Comment était la vie dans un lieu pareil ?

J'ai songé à mon propre quartier. Dans ma rue, il y a des gens qui viennent de partout et parlent des langues différentes, mais ils ne se font pas la guerre pour autant. Que s'était-il donc passé dans ce petit village pour que des voisins se transforment en ennemis ?

Personne ne l'avait gagnée, cette guerre. Les membres d'un camp, ayant perdu leurs maisons, avaient dû partir. Leurs adversaires avaient fini par s'en aller, eux aussi, honteux de leurs agissements.

Tout ce qui restait, c'était un village vide, mais truffé de mines antipersonnel, où personne ne pouvait plus habiter.

Une heure plus tard, de retour sur la côte, nous roulions le long de la mer. Fidèle à son habitude, Fred avait un plan. Nous laisserions la voiture dans la grange de son ami Ti-Blanc. Puis nous prendrions le traversier jusqu'à Vrgada, où une maison nous attendait.

— Il n'y a pas eu de guerre à Vrgada, a promis Gordana, au moment où nous entrions dans la cour d'une ferme envahie par les chèvres.

— Non, a ajouté Fred, ce qui n'a pas empêché Ti-Blanc d'avoir sa part d'ennuis.

— S'il te plaît, a dit Gordana, ne parlons plus de la guerre.

— Que s'est-il passé ? a demandé Max en regardant par la fenêtre. On va devoir se méfier des mines ?

— Ne t'en fais pas pour ça, a répondu Fred.

Ti-Blanc ne voulait pas prendre part à la guerre, alors il est parti. À son retour, il a constaté que ses voisins lui avaient volé tout le contenu de sa maison, jusqu'aux ampoules des plafonniers. Après, ils sont tous redevenus amis.

— Comment est-ce possible ? s'est étonné mon père.

— Ils n'avaient pas le choix. Ils devaient travailler ensemble.

Un homme est sorti de la maison pour nous accueillir. Je me suis dit que c'était Ti-Blanc : il avait sur la tête une haute montagne de cheveux blancs qui ressemblait à s'y méprendre à une crème glacée de chez Dairy Queen. À moins que le nom lui soit venu des chèvres qu'il élevait. Elles avaient toutes le pelage blanc.

En un rien de temps, des dizaines de chèvres nous avaient encerclés. Je n'avais pas peur d'elles… contrairement à Max. Moi, ce sont les mouches qui m'énervaient : chaque chèvre s'accompagnait d'un nuage de mouches bourdonnantes.

Nous avons couru jusqu'à la maison de Ti-Blanc et claqué la porte derrière nous. Nous arrivions juste à temps pour une dégustation de fromage de chèvre. Pas moyen de refuser sans se montrer impolis. Quand on vous propose quelque chose à manger, dans ce pays, vous ne pouvez pas dire non. Même quand il s'agit de jus de serpent.

Ti-Blanc a disposé les fromages sur des assiettes et a chassé les mouches qui avaient pris la cuisine d'assaut, malgré les moustiquaires.

Fred faisait de son mieux pour traduire, ce qui ne devait pas être de tout repos.

— Ce fromage-ci provient de chèvres qui broutent des buissons de romarin, a-t-il dit en montrant un fromage de forme triangulaire. Et celui-là, de chèvres qui mangent du trèfle.

— Beurk, a fait Max. Il est tout sale.

— Ce sont des cendres, pas des saletés. Elles aident à préserver le fromage, a expliqué Fred.

— Les cendres ont meilleur goût que les saletés ?

— N'en mange pas, ai-je dit à Max. Comme ça, il y en aura plus pour moi.

Mme Ti-Blanc a posé tout un festin sur la table : des fruits, du saucisson, des miches de pain, des bouteilles de jus et de vin, assez pour douze personnes. Ma mère a tapoté la chaise libre à côté d'elle, mais notre hôtesse a secoué la tête et a disparu dans la cuisine.

— Sers-toi, m'a dit mon père en crachotant des miettes de fromage de chèvre. Qui sait d'où viendra ton prochain repas ?

De quoi vous couper l'appétit !

Après s'être gavés au point de pouvoir à peine tenir debout, nous avons dû partir. Les chèvres nous ont tendu une embuscade, mais Ti-Blanc les a chassées avec un balai. Nous nous sommes entassés à l'arrière d'un camion-plateau. C'est une sorte de camionnette, sauf qu'il n'y a pas de bords. Gordana s'est assise sur le panier à pique-nique pour l'empêcher de tomber.

Quelques minutes plus tard, nous arrivions au traversier.

Et moi qui pensais que celui de Cres était petit ! Celui-ci n'était qu'une barque à moteur surmontée d'un auvent.

Naturellement, Fred et Gordana connaissaient le capitaine, à supposer que les barques à moteur aient un capitaine.

Après les embrassades et les tapes dans le dos d'usage, Gordana a expliqué :

— Le capitaine est mon cousin.

— Tous les habitants de la région sont tes cousins, a dit Fred en riant.

— Évidemment ! s'est exclamée Gordana, rieuse, en ouvrant les bras, je suis la reine de Vrgada !

Elle a lancé à Max un regard entendu.

— La reine des taches noires et blanches !

Le capitaine a mis en marche le moteur, qui était aussi puissant que celui d'une tondeuse à gazon. Après avoir séparé les hommes et les femmes ainsi que Max et moi, il nous a fait asseoir de part et d'autre de l'embarcation. Il a divisé les bagages en deux piles et les a séparés, eux aussi. Je pense qu'il essayait de répartir la charge pour empêcher la barque de basculer.

Ma mère a parcouru le bateau des yeux, à la recherche des gilets de sauvetage. Il n'y en avait pas, évidemment. Elle a serré la main de Max dans la sienne, comme si ce geste éviterait à mon petit frère de se noyer en cas de naufrage.

Nous avons réussi à nous rendre à Vrgada sans couler. La traversée a duré quinze minutes. Quinze minutes de bruits de moteur rugissant et de fumée noire et nauséabonde.

De loin, l'île faisait penser à un chameau avec une demi-douzaine de bosses. Chaque bosse était une colline différente. Sur la plus haute, au pied de laquelle on distinguait un village, se dressait une église. L'île était si petite qu'elle aurait tenu dans ma poche. Je me suis demandé ce que je pourrais bien faire de mes journées, là-bas.

Le capitaine nous a conduits dans une baie où étaient amarrés quelques bateaux de pêche. De la même taille que la barque de Branko, ils étaient, eux aussi, enduits de goudron. Le capitaine a embouti de vieux pneus de camion fixés à un quai en bois et j'ai senti mes dents claquer dans ma bouche.

Pas étonnant que les bateaux doivent être rafistolés avec du goudron !

Sur le quai, un homme a attaché la corde à un poteau pour empêcher l'embarcation de dériver.

Mission accomplie : nous étions à Vrgada !

Et maintenant ?

Quelque chose manquait, mais je n'arrivais pas à mettre le doigt dessus.

Puis je me suis rendu compte qu'il n'y avait ni voiture, ni camion, ni tracteur en vue.

Même pas de route, aurait-on dit.

J'ai sauté sur le quai chambranlant et j'ai jeté un coup d'œil à la ronde. Vous ne devinerez jamais ce que j'ai vu. Une armée de vieilles dames s'avançait vers nous. Et chacune d'elles poussait une brouette !

Arrivées sur le quai, elles ont encerclé Gordana, l'ont serrée dans leurs bras et ont bavardé

avec elle à une vitesse incroyable. Puis elles ont saisi nos bagages et les ont lancés dans leurs brouettes. Max a essayé de retenir son sac à dos, mais les femmes étaient trop fortes. L'une d'elles lui a fait un grand sourire édenté et lui a carrément arraché son sac des mains.

C'était à la fois le comité d'accueil de Vrgada et le service de transport en commun.

Riant et bavardant entre elles, les femmes ont entrepris de pousser les brouettes chargées de nos sacs, du panier à pique-nique de Gordana et de tout ce que nous avions déposé sur le quai, et se sont engagées dans la rue principale.

Gordana était en tête du cortège. Elle était vraiment la reine de Vrgada.

Cinq ou six chats maigrichons et un chien à trois pattes traînaient derrière. Plutôt étrange, comme défilé. Quelques personnes ont ouvert leurs volets pour nous regarder passer.

Le cirque ambulant était arrivé !

CHAPITRE SIX

L'île des secrets

Dès que les dames aux brouettes se sont arrêtées devant notre maison, Max a récupéré son sac à dos. Craignait-il que l'une d'elles le lui pique ? Qui voudrait de son précieux pingouin en peluche et de sa collection de vers de terre en plastique ? Ou de ses chaussettes sales ?

— Combien faut-il leur donner ? mon père a-t-il demandé à Fred en mettant la main dans sa poche.

— Range ton argent, malheureux ! Tu vas les vexer ! Ce sont des cousines ou des tantes de

Gordana. Ou encore les deux. Je n'ai jamais réussi à les démêler. Sauf qu'elles font toutes partie de sa famille.

Les dames ont transporté nos affaires jusque dans la maison. Max et moi leur avons emboîté le pas.

Faire comme chez soi... Vous connaissez cette expression ? Eh bien, c'est exactement ce qu'ont fait les dames aux brouettes – dans notre maison. Elles ont ouvert la petite valise de Fred et de Gordana et ont suspendu leurs vêtements dans le placard. Elles ont sorti les provisions du panier à pique-nique et les ont rangées dans le réfrigérateur. L'une d'entre elles est entrée avec un bouquet de fleurs et une assiette de figues et les a posés sur la table de la pièce principale.

— Viens, Max. Il faut qu'on se dépêche. Sinon, on va encore finir par dormir dans le salon.

Sans perdre un instant, nous avons parcouru la maison et repéré deux petites chambres. Dans l'une d'elles, il y avait deux lits à une place. Je devrais partager une chambre avec Max, mais ça vaudrait mieux que dormir par terre au milieu du salon.

En fait, j'avais surtout envie d'un peu de temps pour moi tout seul. Chez nous, j'avais toujours la possibilité de monter dans ma chambre et de fermer la porte pour m'éloigner du reste du monde. Quand on voyage en famille, on fait partie d'un troupeau de moutons. Tout le troupeau suit le meneur et il n'y a jamais un moment pour soi.

Je suis sorti, Max sur les talons, évidemment. Les adultes avaient disparu, mais ils n'étaient pas allés bien loin. Devant le magasin du village, juste à côté, Fred et Gordana étaient assis sur des chaises droites, tels le roi et la reine sur leurs trônes. Ils étaient entourés de vieillards coiffés de casquettes de marin qui se cramponnaient à leur canne comme si le premier coup de vent risquait de les renverser.

Mes parents, qui avaient pris place sur des chaises pliantes, faisaient semblant de suivre la conversation. Le moins qu'on puisse dire, c'est que, dans la rue principale de Vrgada, ils détonnaient.

Notamment parce que ma mère avait sorti son carnet à croquis et qu'elle dessinait. J'ai regardé par-dessus son épaule. Elle esquissait les chats qui étaient allongés sur la chaussée, dans tous les sens, les uns sur les autres, en tas.

Pendant ce temps, mon père était plongé dans la lecture du guide de voyage. Il a levé les yeux.

— Je ne comprends pas, a-t-il dit. Vrgada ne figure même pas dans ce livre.

— Laisse-moi voir, ai-je dit en lui prenant le guide. Là ! « Vrgada est une île minuscule, somnolente et dépourvue de voitures, où il ne se passe jamais rien. Risque élevé d'ennui chronique. »

— Quoi ? a fait mon père. Je n'ai pas vu ça.

Il m'a repris le livre. Il a relu la page deux ou trois fois avant de comprendre que j'avais tout inventé. Il est tellement crédule !

Pour un endroit si minuscule et si somnolent, il y avait beaucoup d'action dans la rue. Enfin, tout dépend de ce qu'on entend par « action ». Un autre bateau s'était amarré et les vieilles dames, des foulards aux motifs fleuris sur la tête, poussaient des brouettes au contenu hétéroclite : valises, bois de chauffage, pommes de terre, même des enfants. La brouette d'une des femmes contenait un petit réfrigérateur, celle d'une autre était remplie de sandales. Dans l'autre sens, au milieu de la rue qui descendait vers le port, d'autres dames encore poussaient des brouettes pleines de figues.

En fait, elles ne les poussaient pas vraiment. Elles se cramponnaient plutôt à elles de toutes leurs forces pour les empêcher de dévaler la pente raide.

J'ai remarqué que seules les femmes travaillaient. Par contre, toutes les personnes qui prenaient un café devant le magasin étaient des hommes.

— Les hommes ne travaillent pas, sur cette

île ? ai-je demandé à Fred, qui buvait lui aussi un café.

— Seules les femmes sont autorisées à piloter les brouettes, a-t-il répondu. Les hommes se réservent les tâches les plus importantes, comme réfléchir, par exemple.

Il était toujours difficile de savoir si Fred plaisantait ou pas.

— Pourquoi n'utilise-t-on pas des ânes pour transporter les marchandises ? Ils peuvent marcher sur les cailloux sans problème.

— Bonne question, Charlie. C'est une longue histoire.

— Je pense qu'on a le temps, lui ai-je dit.

Qu'y avait-il d'autre à faire ?

Fred a posé son café. Il en buvait dix tasses par jour sans jamais devenir agité. Mon père, lui, avait la main qui tremblait, même s'il n'en avait bu qu'une tasse.

— C'est une longue histoire et aussi une histoire vraie, a commencé Fred. Un jour, quelqu'un a eu la même idée géniale que toi.

— Je parie que c'était une femme qui en avait assez de travailler.

— Qui sait ? a répondu Fred. Toujours est-il que quelqu'un s'est posé la question : pourquoi passer la journée à pousser de lourdes brouettes ? On n'a qu'à confier cette besogne à un âne.

— C'est rempli de bon sens.

— Alors le premier âne à poser le sabot sur Vrgada est arrivé par bateau. C'était il y a quelques années. Je m'en souviens parce que j'étais à bord du même bateau. L'âne a eu le mal de mer. C'était épouvantable ! À son arrivée, des gens l'ont emmené dans un champ pour l'aider à se calmer. Mais il a sauté par-dessus la clôture et a trouvé une plante mauvaise pour lui. Je n'ai aucune idée de ce que c'était. Il a dû en brouter pas mal parce qu'il est devenu complètement cinglé. Puis l'âne s'est métamorphosé en lion. D'abord, il a mordu quelqu'un à l'oreille. Ensuite, il a couru dans la ville, descendu la rue où nous nous trouvons. Des gens ont passé la journée à tenter de l'attraper au lasso. Ils ont essayé de l'attirer avec des carottes, mais il ne voulait rien entendre.

— Ils ont fini par l'attraper ?

— Quelqu'un lui a lancé une couverture sur la tête, et l'âne s'est immobilisé aussi sec. On l'a ramené sur la terre ferme à bord du bateau

suivant. À Vrgada, plus personne n'a songé à prononcer le mot « âne » depuis et encore moins à en faire venir un autre ici.

— Je ne te crois pas, a dit Max. Un âne ne peut pas se transformer en lion.

Je croyais Fred, moi. C'était une super histoire. Il en avait des tas et j'aurais pu passer la journée à les écouter.

Malheureusement, il a recommencé à bavarder avec les vieillards édentés qui soufflaient la fumée de leur pipe.

Comme il n'est pas trop amusant de regarder des adultes parler dans une langue incompréhensible, j'ai dit à Max :

— Allons faire un tour.

— Ne vous perdez pas, a dit mon père.

Nous perdre sur cette île minuscule ? Impossible.

— Attention aux brouettes ! a ajouté ma mère.

Nous avons descendu la rue jusqu'à l'endroit où les bateaux de pêche étaient amarrés. Accroupis sur le quai en bois, des pêcheurs réparaient leurs filets.

Les hommes travaillaient donc, en fin de compte.

Ils ont levé les yeux sur nous, mais ils n'ont rien dit. Ils savaient sans doute déjà tout ce qu'il y avait à savoir sur nous.

— Hé ! Regarde tous ces chats ! a lancé Max.

Il y avait encore plus de chats ici que dans la rue devant notre maison. Allongés au bord du quai, ils fixaient l'eau. Certains étaient perchés sur les vieux murets et prenaient un bain de soleil. On en voyait au bord des fenêtres, dans l'embrasure des portes – ils étaient des centaines !

J'ai vite compris pourquoi. Au bout du quai, des pêcheurs nettoyaient leurs proies et ils jetaient les parties indésirables en tas à côté d'eux.

Les chats ne se précipitaient pas pour se servir. Ils n'avaient pas besoin de se déranger.

Une femme ramassait les têtes, les queues et les entrailles. Elle les divisait en parties égales qu'elle disposait sur des assiettes et des soucoupes. Elle les servait aux chats, où qu'ils se trouvent, sur le quai, dans la rue ou devant les maisons.

Cette vieille femme était comme une livreuse de pizzas, sauf qu'elle se spécialisait dans les abats de poissons.

— C'est le paradis des chats, a déclaré Max. J'ai hâte d'en parler à Miro.

— Pas la peine de lui mentionner l'odeur, lui ai-je dit.

Il a regardé la femme faire ses courses, poser des soucoupes devant les chats.

— Elle a l'air bizarre, a dit Max.

Il avait raison. Elle était costaude, avec des cheveux en bataille, et je crois qu'elle n'avait pas plus de deux dents dans la bouche

Sa voix était bizarre, elle aussi. Vous savez comment certaines personnes parlent à leurs animaux de compagnie ? Eh bien au lieu de parler, elle poussait de petits cris aigus, comme un oiseau.

— Elle me fait peur, a dit Max.

— Elle ne va pas te faire de mal.

— Et si c'était une sorcière ?

Nous sommes passés près d'elle, Max faisant de gros efforts pour fixer le sol. Il craignait peut-être qu'elle le change en poisson-chat si son regard croisait le sien. Je ne l'ai pas regardée, moi non plus, mais seulement parce qu'il est impoli de dévisager les gens.

Plus loin, je me suis retourné pour lui jeter un coup d'œil. Elle était trop accaparée par ses chats pour me remarquer.

— N'aie pas peur, Max, lui ai-je dit. Tu es en sécurité.

Il s'est arrêté. Faisant son imitation d'espion, il a tenté d'observer la femme du coin de l'œil, mais il n'était pas particulièrement doué.

La dame l'a pris sur le fait. Elle a commencé à gesticuler en croassant comme une corneille.

Max s'est enfui en courant de toutes ses forces.

J'ai compris que la femme était muette. Elle pouvait seulement produire des sons. Et elle n'aimait pas du tout qu'on la dévisage.

Je la comprenais. J'avais horreur de ça, moi aussi.

J'ai rattrapé Max au bout du quai.

— Cet endroit me donne la chair de poule, a-t-il gémi. Qu'est-ce qu'on est venus faire ici ?

— Il y a des gens bizarres chez nous aussi, lui ai-je rappelé. Tu te souviens de Tony le Meurtrier à la hache ?

— Très drôle.

Max m'a tourné le dos, boudeur. Il n'y avait pas de Tony le Meurtrier. C'était un vieux monsieur qui, l'été, dans notre quartier, aiguisait des couteaux dans son camion. Max avait réussi à se convaincre qu'il s'agissait d'un dangereux criminel parce qu'il y avait des dessins de couteaux et de haches sur son camion. Comme la dame aux chats de cette île, Tony n'aimait pas trop qu'on l'observe.

— Je croyais que tu aimais les chats. Tu pourrais envoyer une carte postale à Miro. Je suis sûr qu'il aimerait entendre parler de cet endroit.

Quand Max est de mauvais poil, je lui remonte toujours le moral en lui parlant de Miro.

— Bonne idée ! m'a-t-il dit. Je parie qu'on vend des cartes postales sur cette île.

Pas moyen de plaisanter avec Max. Il prend toujours tout au pied de la lettre.

Soudain, il était urgent d'envoyer cette carte postale. Nous avons dû retourner vers le magasin du village. Évidemment, rien n'avait bougé. Fred et Gordana étaient toujours entourés par une foule d'admirateurs. Et mes parents faisaient toujours semblant de comprendre ce qui se passait.

Ma mère avait cessé de dessiner des chats. Max n'a donc eu aucune difficulté à la convaincre de lui acheter une carte postale.

Nous sommes entrés dans la boutique. De la taille d'un placard, elle était remplie jusqu'au plafond d'un étrange bric-à-brac : horloges, outils, matériel de pêche, bottes de caoutchouc, vêtements de travail, jarres de bonbons couvertes de poussière. Des figues séchées et des saucissons étaient accrochés au plafond. Sur le sol, sous les saucissons, on voyait des taches graisseuses et glissantes.

Au fond, un homme très petit et très ridé était caché derrière une pile de papiers posée sur un bureau. Il a eu l'air très étonné d'avoir des clients.

Comme nous ne savions pas comment dire

« carte postale », ma mère a dessiné un rectangle dans les airs du bout du doigt et a mimé quelqu'un qui écrit une adresse dessus.

Au début, l'homme a eu l'air inquiet. Puis il a souri.

Il a sorti une tapette à mouches d'une boîte posée sous le comptoir. Il l'a tendue à ma mère en souriant largement.

Elle a regardé l'objet, froncé les sourcils et essayé de nouveau. Cette fois, elle a collé un timbre imaginaire et déposé la carte postale imaginaire dans une boîte aux lettres imaginaire. Puis elle a battu des bras. Je suppose qu'elle mimait un pigeon voyageur qui transportait la carte postale de l'autre côté de l'Atlantique.

L'homme la dévisageait. Puis il a tapé sur le comptoir du plat de la main. Par miracle, il avait compris. Il a sorti d'un tiroir les deux dernières cartes postales en noir et blanc de la planète.

Sur l'une d'elles, il y avait un âne. Un âne mordeur d'oreilles capable de se changer en lion, peut-être. L'autre consistait en une photo floue de champs avec des murets en pierre.

Max a saisi celle de l'âne.

— Miro adore les ânes.

Je me suis demandé comment il le savait. Il n'y avait pas un seul âne autour de chez nous.

J'ai hérité de la photo floue des champs avec des tas de pierres ressemblant à des pyramides écroulées.

Nous sommes sortis et j'ai rappelé à ma mère que nous avions besoin de timbres. Elle a soupiré. Jouer aux devinettes avec l'homme de la boutique l'avait épuisée ; et là, elle allait devoir recommencer au bureau de poste.

Le moment était venu d'appeler Fred à l'aide. Bondissant de sa chaise, il a failli renverser les vieillards avec leur canne.

— Désolé, je vous avais complètement oubliés, les amis ! Oui, il y a un bureau de poste… en quelque sorte. Mieux vaut que je vous accompagne.

Il nous a guidés dans le village, Max et moi.

La rue principale se divisait en deux. Nous avons pris l'embranchement qui montait en pente raide vers le sommet, là où il y avait l'église.

— Nous avons vu une drôle de femme qui nourrissait des chats sur le quai, ai-je dit à Fred.

— Qu'est-ce qu'elle a ? a voulu savoir Max. Elle m'a crié après.

— Elle n'aime pas qu'on la regarde, ai-je dit.

— Seulement parce qu'elle ne vous connaît pas, a expliqué Fred. Elle n'a jamais quitté l'île. Elle n'aime pas le changement. Quand elle voit des gens qu'elle ne connaît pas, elle a peur.

— J'ai eu peur, moi aussi, a avoué Max.

— Je ne pense pas qu'elle sache parler, ai-je ajouté.

— Des gens disent que, plus jeune, elle en était capable, m'a raconté Fred. Puis il lui est arrivé quelque chose, personne ne sait quoi. Tout le monde a son idée à ce sujet, mais ce ne sont que des racontars. Certains prétendent qu'elle a vu quelque chose qui l'a terrifiée.

— Un monstre, par exemple ? a risqué Max.

— Peut-être, a répondu Fred. En tout cas, elle ne peut pas nous le raconter.

Fred s'est arrêté pour reprendre son souffle. La montée était rude.

— Elle ne vous fera pas de mal. Quand vous la reverrez, parlez-lui comme vous le feriez avec n'importe qui.

Nous avons longé des jardins et des vergers. Tout le monde s'occupait des figues. Juchées sur des échelles en bois, des dames cueillaient les fruits dans les branches les plus basses. D'autres avaient grimpé dans les branches les plus hautes, ce qui ne devait pas être une mince affaire, car elles portaient de longues jupes fleuries, des tabliers et de lourdes bottes de caoutchouc. Les femmes les plus âgées, celles qui ne pouvaient monter ni dans les échelles ni dans les arbres, prenaient des figues dans des paniers et les posaient sur des râteliers pour les faire sécher au soleil.

Je n'ai vu personne de mon âge. C'était une

île sans routes et sans enfants. On l'aurait dite envahie par des extraterrestres venus de la planète des vieillards.

— Ce sont les meilleures figues du monde, a déclaré Fred qui, au passage, en a pris une sur un râtelier.

Une femme montée sur une échelle l'a réprimandé. Sa voix rappelait le bruit d'ongles qui grattent un tableau noir.

Fred lui a soufflé un baiser et a avalé le fruit.

— La prochaine fois, je vais en piquer une pour vous.

— Je n'ai pas envie d'être poursuivi par une vieille femme, a dit Max.

— N'aie pas peur : elles ne courent pas très vite, lui ai-je dit.

Ces figues, a expliqué Fred, étaient meilleures fraîches. Mais on les faisait sécher pour avoir des fruits pendant l'hiver. Les femmes en faisaient des guirlandes, comme celles qu'on voit à Noël.

Nous nous sommes arrêtés devant une maison. Fred a cogné à une lourde porte en bois.

Puis il a ouvert et nous sommes entrés.

Un homme était assis à un antique bureau à cylindre, le genre de secrétaire dont le couvercle s'abaisse. Fred lui a expliqué ce que nous voulions et l'homme a ouvert un grand livre poussiéreux à la reliure en cuir. Il contenait ce qui avait l'air d'une collection de timbres du siècle dernier.

Bienvenue au bureau de poste de Vrgada !

Avec ses mains tremblantes, l'homme, muni

de pinces fines, a extrait un timbre, qu'il a examiné à la loupe. Puis il a tendu la main.

— Je ne peux pas le payer, ai-je dit à Fred. Je n'ai pas d'argent.

— Ne te fais pas de souci pour l'argent. Donnez-lui vos cartes.

Max et moi lui avons tendu les cartes postales en noir et blanc. Il a humecté les timbres avec une éponge et les a collés sur les cartes.

Excellent service ! Chez nous, nous devions coller nos propres timbres.

L'homme a désigné ce qui était sans doute sa table de salle à manger. Max s'est assis pour écrire son message à Miro. J'avais envie d'envoyer un mot à Flor, une fille de ma classe, mais j'avais peur que quelqu'un lise ce que j'avais écrit.

Puis je me suis souvenu que personne, ici, ne comprenait ma langue. Pour une fois que ça m'arrangeait !

J'ai tendu ma carte postale à l'homme. Il l'a mise dans la poche de sa chemise et l'a tapotée deux ou trois fois. La boîte aux lettres de Vrgada, c'était lui, je suppose.

— Ne craignez rien, a dit Fred en sortant. Vos cartes postales finiront bien par se rendre à destination.

Nous sommes retournés au centre du village. Tout était au beau fixe. Gordana, la reine de Vrgada, était assise au milieu du cercle de ses admirateurs. Ma mère avait ressorti son carnet à croquis.

J'ai jeté un coup d'œil. Elle dessinait les vieillards avec leurs cannes, leurs pipes et leurs casquettes de marin. À côté d'eux se trouvait Gordana, assise sur un trône, une couronne sur la tête.

CHAPITRE SEPT

L'ermite de Vrgada

Mon père répète toujours qu'il aime sortir des sentiers battus et visiter de nouveaux endroits. Sauf que, si vous voulez mon avis, il passait beaucoup plus de temps à boire du café avec Fred au village qu'à explorer l'île.

Un jour, après le dîner, même ma mère en a eu assez. Elle a pris son carnet à croquis.

— Je descends au port dessiner des bateaux, a-t-elle annoncé.

J'ai décidé que le moment était venu de partir en escapade.

Naturellement, j'ai dû emmener Max avec moi.

Devant la dernière maison du village, une vieille dame se tenait debout sur un muret. Elle cueillait des figues dans un arbre et les déposait dans une poche de son tablier.

Les vieilles dames de Vrgada sont du genre sportif. Je ne suis pas certain que ma grand-mère serait capable de grimper sur un muret.

Nous sommes passés devant une brouette remplie de figues. J'ai eu envie d'en piquer une, comme Fred l'avait fait, mais je n'ai pas osé.

La dame nous a interpelés au passage, Max et moi. Au moment où je levais les yeux, elle a laissé tomber deux figues fraîchement cueillies. Je les ai attrapées avant qu'elles touchent le sol.

— *Hvala,* ai-je dit.

Elle a ri, comme si un étranger capable de lui dire merci dans sa langue était la chose la plus tordante du monde. Elle a ri si fort que j'ai eu peur qu'elle tombe du muret, comme Humpty Dumpty.

Je me suis dit que j'aurais intérêt à enrichir mon vocabulaire croate.

Bientôt, nous avons laissé le village derrière nous. Nous avons mangé nos figues en marchant dans un sentier qui serpentait à travers les champs. Des volées d'hirondelles descendaient en piqué, à la recherche d'insectes. Des corneilles nous survolaient en croassant à tue-tête.

— Les cris de ces oiseaux me font penser à ceux de la sorcière aux poissons, a dit Max.

— Elle se cache peut-être dans ce cimetière, là-bas. Allons y jeter un coup d'œil.

— Jamais de la vie !

Le portail, quand je l'ai ouvert, a grincé comme dans les films d'horreur.

Max s'est immobilisé et a croisé les bras.

— Je n'entre pas là-dedans, moi !

Je me suis avancé dans le cimetière. Je ne l'aurais pas fait au milieu de la nuit, croyez-moi.

En regardant autour de moi, j'ai remarqué un détail étrange.

Les pierres tombales portaient toutes le même nom, comme si une seule et même personne reposait sous chacune. Un certain Andric.

Comment était-ce possible ?

Puis je me suis souvenu de ce qu'avait dit Fred : tous les habitants de l'île sont cousins. J'ai refermé le portail derrière moi.

Tandis que nous nous enfoncions dans les terres, j'ai remarqué que les champs étaient séparés par des murets de pierre. Parfois, ceux-ci contournaient un arbre. D'autres fois, ils longeaient de grands potagers.

Plus nous avancions, plus les murets étaient hauts, et plus le sentier rétrécissait. Bientôt, nous avons été incapables de voir par-dessus. Je ne distinguais que la cime des arbres.

Pourquoi se donner la peine d'ériger des murs si élevés ? Cachaient-ils quelque chose ?

Puis notre sentier s'est divisé en plusieurs, tous bordés des mêmes hauts murs.

— Par où on va ? a demandé Max.

— Essayons par ici, ai-je dit.

Certains murs décrivaient des cercles et d'autres menaient à des passages qui bifurquaient ou s'arrêtaient dans une impasse.

Brusquement, j'ai eu le sentiment que les murs faisaient partie d'un labyrinthe. Mais pas le genre de labyrinthe qu'on dessine sur une feuille de papier, comme un casse-tête à résoudre. Ici, quelqu'un avait aménagé un dédale à l'aide de milliers de pierres. Et je me trouvais au beau milieu de cette construction.

Je me suis demandé si un minotaure y vivait. Vous savez, cette créature mi-homme, mi-taureau. Ne serait-il pas génial de tomber sur un truc du genre ?

Le hic, c'est que le Minotaure aime la chair humaine.

— C'est sinistre ici, a dit Max.

Il avait peut-être lu dans mes pensées.

— D'accord. Essayons un chemin différent.

J'ai aidé Max à franchir un muret et nous avons abouti dans un autre passage qui, peu après, s'est scindé en deux.

Max s'est immobilisé.

— Et maintenant ?

— Aucune idée.

— Je n'aime pas ça, a dit Max. On risque de se perdre.

Alors que le Minotaure avait déjà mangé un grand nombre de ses amis, le type qui a finalement réussi à le vaincre a eu l'idée d'apporter une pelote de fil et de le laisser se dérouler derrière lui pour marquer son chemin.

Comme je n'avais pas de fil, j'ai fait une petite pile de cailloux au centre de l'intersection pour indiquer la sortie. Puis nous avons pris à gauche.

Nous ne savions ni où nous allions ni d'où nous étions venus.

Je me suis arrêté et j'ai tendu l'oreille. Les sauterelles chantaient comme des folles et le vent sifflait dans les pins. J'ai entendu le moteur d'un bateau, au loin.

Nous aurions pu être n'importe où, ou encore nulle part.

Soudain, j'ai eu une drôle de sensation. Le sentier que nous suivions rétrécissait-il ? Cherchait-on à nous faire entrer dans un entonnoir ?

C'était insensé. Les murs étaient là depuis toujours. Mon imagination me jouait des tours.

Tout d'un coup, une énorme pierre nous a bloqué le chemin.

Encore une impasse.

J'ai décidé qu'il fallait revenir sur nos pas. Nous nous sommes arrêtés au milieu d'une intersection que je n'avais pas remarquée la première fois. Les murs donnaient l'impression de bouger, de changer de direction.

— C'est celle-là, ta petite pile de cailloux ? a demandé Max.

Il y avait des millions de cailloux. Toutes les piles de cailloux se ressemblaient. J'avais déjà eu des idées plus brillantes.

Le soleil baissait et Max semblait nerveux.

Nous avons marché et marché encore entre les hauts murs de pierre. Comme dans un de ces rêves où on court sans arriver nulle part.

Nous sommes tombés sur un passage où un pan du mur s'était écroulé. C'était peut-être la sortie !

Nous nous sommes engagés dans l'ouverture.

Dans la clairière qui s'ouvrait devant nous se trouvait une vieille cabane en ruine qui m'a fait penser aux maisons délabrées que nous avions vues dans le village divisé par la guerre.

— Il y a peut-être des mines, a dit Max.

Je me suis avancé à petits pas prudents. Des

outils de toutes sortes étaient accrochés aux murs de la cabane : râteaux, pelles et fourches. Bref, le genre d'instruments qu'on utilise dans une ferme, sauf qu'il n'y avait pas de ferme dans les parages. Ici, seuls les rochers poussaient.

Un objet suspendu dans un coin a attiré mon attention. Je me suis rapproché. Quelqu'un avait tissé des feuilles et des branches pour en faire une forme imitant celle d'une tête humaine. Il y en avait des dizaines dans tous les arbres.

— Qu'est-ce que c'est ? a demandé Max.

— Je ne sais pas. Des décorations ?

— Il est bizarre, cet endroit. Je n'aime pas ça.

Un autre objet était accroché à un arbre. De l'endroit où je me trouvais, on aurait dit un tapis. Puis, le vent a soufflé et le tapis a bougé. Des gouttes sont tombées dans l'herbe. Elles étaient rouges.

Ce n'était pas un tapis.

C'était la peau d'un animal qu'on venait de tuer.

— Tu as raison, ai-je dit à Max à voix basse. Allons-nous-en.

Nous avons fait demi-tour et nous sommes dirigés vers le trou dans le mur.

Avez-vous déjà eu l'impression qu'on vous épiait, même si vous aviez le dos tourné ? Comme lorsque, à l'école, vous n'écoutez pas et que, tout d'un coup, vous savez que votre institutrice vous a à l'œil ?

C'est l'impression que j'avais pendant que nous nous éloignions.

Je n'ai pas pu me retenir. Je me suis retourné et j'ai regardé.

Dans la cabane, une ombre a bougé. Puis la porte s'est ouverte et quelqu'un est entré dans la cour.

C'était un homme qui ressemblait à un épouvantail. Il avait de longs cheveux tout emmêlés, des vêtements en lambeaux et ses pieds nus étaient noirs. Dans son visage sombre, ses yeux scintillaient comme s'ils étaient en feu. Sa longue barbe était parsemée de brindilles et

de feuilles mortes. Dans une main, il tenait la peau d'un animal et, dans l'autre, un lourd bâton.

Max et moi étions paralysés, comme hypnotisés. Nous dévisagions l'homme.

Je n'avais jamais vu d'ermite, mais j'ai tout de suite compris que c'en était un.

Les ermites vivent seuls, loin des autres. Et ils n'apprécient guère les visiteurs.

Il a montré les dents et fait un pas vers nous. Puis il a brandi son lourd bâton.

Il a crié quelques mots que je n'ai pas compris.

Je me suis souvenu de ce qu'on doit faire devant un animal sauvage : battre en retraite très, très lentement, sans lui tourner le dos.

Attrapant Max par la main, j'ai commencé à reculer. Il a perdu pied sur une pierre, mais je l'ai empêché de tomber.

Petit à petit, nous nous sommes approchés de l'ouverture. Je ne quittais pas le visage de l'ermite des yeux. À chacun de nos pas, il en faisait un vers nous.

Près du trou dans le mur, j'ai aidé Max à traverser et je l'ai suivi tant bien que mal.

— Allez, Max, fonce !

Nous avons couru de toutes nos forces dans le dédale géant formé par les pierres. J'étais sûr d'entendre les pieds nus de l'ermite marteler le sol et je me suis demandé ce qui arriverait s'il nous rattrapait. J'ai revu en pensée la peau d'animal sanguinolente suspendue à un arbre.

— Allez, Max ! Plus vite !

Nous avons longé des murs qui tournaient dans tous les sens en essayant de ne pas tomber sur les pierres tranchantes. Nous avons couru, couru encore, jusqu'à ce que Max se mette à pleurer.

J'ai jeté un coup d'œil derrière nous. Personne.

Nous nous sommes arrêtés, à bout de souffle. Nous poursuivait-il ? J'ai tendu l'oreille. Seules quelques sauterelles frottaient leurs ailes l'une contre l'autre ; des mouettes décrivaient des cercles au-dessus de nos têtes en croassant. Rien de plus.

Nous avions échappé à l'ermite. Mais où étions-nous ? Dans ma frayeur, je n'avais pas du tout fait attention à la direction dans laquelle nous courions.

Je me suis souvenu de la réflexion que je m'étais faite, quelques jours plus tôt. *Nous perdre sur cette île minuscule ? Impossible.*

— En route, Max, ai-je dit à mon petit frère. Il faut qu'on sorte d'ici.

Le soleil se couchait et les hauts murs projetaient de longues ombres sur le sentier devant nous.

— Et si nous retombons sur cet horrible monstre ? a demandé Max d'une voix tremblante.

Il se cramponnait à ma main.

— Pas de danger, ai-je répondu.

— Comment est-ce que tu le sais ?

J'ai réfléchi pendant quelques secondes.

— Cet homme est un ermite, ai-je expliqué à Max. Les ermites n'aiment pas la compagnie des autres.

Nous avons continué de marcher. Je n'aurais su dire si nous nous éloignions ou si nous nous rapprochions du village. C'était désespérant.

Enfin, Max s'est laissé tomber au milieu du sentier rocailleux.

— Je n'en peux plus.

Je me suis assis à côté de lui. Si je réfléchissais un peu, au lieu de marcher, peut-être que je réussirais à trouver la sortie de ce labyrinthe.

Au départ, nous avions le soleil dans le dos. À présent, il disparaissait très vite devant nous.

Devions-nous rebrousser chemin, retourner vers la cabane de l'ermite ?

Et s'il nous y attendait, justement ?

Je ne voulais même pas y penser.

Puis, dans le silence, j'ai entendu des cloches sonner.

Nous étions sauvés – sauvés par la cloche ! Nous n'avions qu'à suivre nos oreilles : les cloches nous ramèneraient au village.

Elles sonnaient toujours lorsque nous avons aperçu le village au milieu des arbres. Je voyais des hommes assis devant les maisons et des femmes poussant des brouettes remplies de figues.

Tout semblait normal – pour Vrgada, du moins. Qui aurait pu se douter qu'il y avait, tout près, un ermite vêtu de guenilles qui se cachait dans une cabane en pierre à moitié effondrée ?

Et où étaient mes parents ?

Vous avez deviné ! Assis sur les mêmes chaises, devant le magasin, en train de bavarder avec Fred et Gordana. Fred tenait une tasse de café à la main.

C'était comme si nous retrouvions le monde normal après un séjour dans une autre dimension. Sans qu'une seule seconde se soit écoulée.

Je me suis effondré sur une chaise à côté de mes parents.

Ma mère m'a longuement regardé.

— Il s'est passé quelque chose ? a-t-elle demandé. On dirait que tu as vu un fantôme.

— Non, pas un fantôme.

— Quoi, alors ?

— Nous avons croisé quelqu'un dans les bois. Je pense que c'était un ermite.

Fred a bondi sur ses pieds.

— Vous avez vu l'ermite de Vrgada ?

— Tu le connais ?

— Où l'avez-vous rencontré ?

— Nous explorions une vieille cabane. Je me suis retourné et il était là.

— Je n'en reviens pas, a dit Gordana. Il ne se montre jamais.

— Et personne ne va jamais jusque chez lui, a ajouté Fred. Les gens ont trop peur.

— C'est vrai qu'il est plutôt effrayant.

— Il a voulu vous faire du mal ? a demandé ma mère.

— Il a agité son bâton devant nous. Il semblait très fâché. Il a crié quelque chose, mais je n'ai pas compris.

— Vous l'avez pris par surprise, a dit Gordana. Il a probablement eu peur de vous.

— Moi j'ai eu plus peur de lui, a dit Max.

— Qu'est-ce qu'il fait, là-bas ? ai-je demandé.

— Il vivait au village, autrefois…, a commencé Fred.

— C'était l'un des nôtres, a poursuivi Gordana. Puis il s'est porté volontaire pour partir à la guerre, même si rien ne l'y obligeait.

— Et c'est là qu'il a perdu la raison, a dit Fred. Il a dû voir des choses… des choses terribles qui l'ont fait basculer.

— Comme quoi ? a fait Max, les yeux tout ronds.

— Dans la guerre, il n'y a que des choses horribles, a répondu Gordana, en colère. La mort et la haine. Des voisins qui deviennent ennemis. Des gens qui ont trop de pouvoir et trop d'armes à leur disposition…

— À son retour dans l'île, il refusait de parler. Il s'est installé dans cette vieille cabane et a commencé à élever des chèvres. Il n'adresse la parole qu'à ses animaux.

— Et ces trucs ronds accrochés aux arbres,

qu'est-ce que c'est ? ai-je demandé Des messages ?

— Tu es le premier à les avoir vus, a répondu Fred. Au village, il y a tellement de récits et de secrets qu'on mettrait un siècle à les élucider tous.

— Comment peut-il vivre là-bas tout seul ? ai-je demandé, incrédule.

— Des villageois lui apportent de la nourriture, a dit Gordana.

— Jusque chez lui ?

— Non, ils la laissent sur un rocher, près de sa maison. Personne ne s'approche de sa cabane.

— C'est gentil, a dit ma mère.

— Les gens se sentent un peu responsables de ce qui lui arrive, a expliqué Gordana. À cause de la guerre.

Le lendemain, je suis retourné dans le labyrinthe avec un sac rempli de tablettes de chocolat. Avec l'aide de Fred, j'avais acheté toutes celles qui se trouvaient au magasin du village. Je me suis dit que les villageois apportaient des figues et du pain à l'ermite, mais que personne ne songerait à lui laisser du chocolat.

Si je vivais dans un labyrinthe de pierre avec des chèvres et des mauvais souvenirs pour me tenir compagnie, j'aimerais bien mordre dans une tablette de chocolat, de temps en temps.

L'ermite de Vrgada ne saurait pas que l'offrande venait de moi, mais c'était sans importance.

Je savais, moi.

CHAPITRE HUIT

L'adieu aux brouettes

Le lendemain, je suis sorti de bonne heure, avant le réveil de Max et des autres. J'avais envie d'être seul, pour une fois. Envie de m'éloigner du cirque ambulant.

J'ai marché le long du rivage rocailleux et me suis promené dans le port, où les pêcheurs avaient mis leurs filets à sécher. J'ai emprunté un sentier escarpé qui montait dans les bois. Je l'ai suivi jusqu'au pied d'une falaise où se trouvait une plage de sable blanc, complètement déserte, qui scintillait sous le soleil.

De hautes falaises rouges se dressaient au-dessus de cette plage. Cramponnés à leurs racines, des arbres se penchaient tout au bord. Haut dans le ciel, des aigles chevauchaient les courants aériens, en quête d'une proie.

Même pas un bateau de pêche à l'horizon.

En pataugeant dans l'eau tiède et claire, je me sentais comme Robinson Crusoé. De petits poissons argentés fuyaient mon ombre.

Pour les attraper, Robinson Crusoé se serait fabriqué une lance avec une branche ou encore aurait tissé un panier avec des algues. Sauf qu'ils étaient si maigrichons, ces poissons, qu'il en aurait fallu beaucoup pour en tirer un repas convenable.

Vivre seul pendant des années et des années avec, pour seule nourriture, des poissons et des noix de coco… Imaginez. J'aime bien être tout seul et n'en faire qu'à ma tête, mais il est sûrement difficile de vivre sur une île déserte. Personne à qui parler, personne pour vous raconter des histoires, rien à lire, pas de musique…

Je deviendrais fou.

Mais je n'avais pas à m'en faire à ce sujet. Ma paix et ma tranquillité ont bientôt été rompues par de retentissants cris de triomphe : le cirque ambulant était apparu au sommet de la falaise. Gesticulant, Max a dévalé le sentier sans cesser de hurler. Mon père et Fred trimballaient l'énorme panier à pique-nique. Derrière eux, ma mère et Gordana transportaient des ser-

viettes, des chapeaux et un parasol. Ils agitaient tous la main comme si nous ne nous étions pas vus depuis des années.

En les regardant s'avancer sur le sentier, j'ai décelé un mouvement dans la forêt, au-dessus. Je me suis demandé si c'était l'ermite qui nous épiait du haut de son monde d'ombres, parlant à ses chèvres des curieux qui ne comprenaient pas que la guerre faisait toujours rage dans sa tête.

Puis l'ombre a disparu.

Max a atterri à mes pieds en soulevant un nuage de sable.

— Qu'est-ce que tu fais ici ? Pourquoi est-ce que t'es parti tout seul ? Je t'ai cherché partout.

« Je jouais les Robinson Crusoé pour me reposer un peu de toi », ai-je songé. Mais je n'ai rien dit de tel à mon petit frère. De toute façon, il n'écoutait pas.

Nous nous sommes assis à l'ombre du parasol. Gordana a commencé à distribuer la nourriture.

Ma mère a poussé un soupir de contentement.

— Quel merveilleux voyage ! Sans vous, nous n'aurions jamais découvert cet endroit magnifique.

— C'est encore mieux que ce que tu m'en avais dit, Fred, a convenu mon père.

— Comment est-ce que vous vous êtes rencontrés, Fred et toi ? ai-je demandé.

— Au Monténégro. Ton père déambulait dans une foire du livre, l'air perdu.

« C'est bien lui, ça », ai-je songé.

— Et je l'ai aidé à retrouver son chemin. Nous sommes devenus amis, puis nous nous sommes promis de garder le contact et de nous revoir.

— Comme Libero et moi, ai-je dit.

— Exactement. Sauf que la guerre a contrecarré nos projets. On ne pouvait plus voyager. D'ailleurs, j'étais au beau milieu de la mêlée, coincé entre les deux camps. Je vivais en Croatie, mais je suis Serbe. Avant, c'était sans importance : nous formions un seul pays. Mais lorsque le pays s'est divisé et que nous avons commencé à nous battre entre nous, la Serbie est devenue l'ennemi, ici.

Il montré la mer bleue et calme, et le petit voilier qui glissait dessus.

— Vous imaginez une guerre, ici ? Avec moi dans le rôle de l'ennemi ?

Par une journée pareille, c'était effectivement difficile à concevoir. Mais alors, je me suis souvenu du village où nous nous étions arrêtés, dont la moitié des maisons étaient détruites et l'autre moitié intactes, et j'ai songé que rien n'était impossible.

— Je me suis fait une promesse à moi-même, a poursuivi Fred. Dès que la paix serait revenue, je vous inviterais à venir ici pour les vacances. Pour que vous constatiez par vous-mêmes que c'est un pays magnifique.

— Le moins qu'on puisse dire, a dit Gordana en agitant l'index sous le nez de mes parents, c'est que vous en avez mis, du temps !

— Nous avions perdu votre carte postale, ai-je expliqué. Si je ne l'avais pas retrouvée sous la cuisinière, nous ne serions jamais venus.

— Qu'est-ce que tu faisais sous la cuisinière ? a demandé Gordana.

— C'est une longue histoire.

Max a bondi.

— Je vais me baigner !

Il a couru vers l'eau. Je l'ai suivi.

Pendant que Max jouait à être un requin, j'ai fait la planche en contemplant le ciel. Gordana avait dit que l'île de Vrgada avait été épargnée par la guerre, mais ce n'était pas tout à fait exact. On n'avait pas tiré un seul coup de feu, d'accord, mais l'ombre de la guerre était partout. Et je l'avais vue.

Chez moi, beaucoup de mes amis parlent souvent de leurs grands-pères. Un grand-père, c'est quelqu'un avec qui on peut faire des choses qu'on ne peut pas faire avec son père. On peut confier à son grand-père des choses qu'on ne dirait pas à ses parents.

Je n'ai jamais eu de grand-père. Les miens étaient morts depuis longtemps, avant ma naissance.

J'ai décidé d'adopter Fred comme grand-père. D'abord, c'était un conteur de génie. Ensuite, il avait mené une vie aventureuse dans un pays qui avait survécu à la guerre. Enfin, il n'avait pas peur de parler des événements qui avaient marqué l'histoire de ce pays.

Sans lui, les secrets de Vrgada seraient restés secrets.

Et je n'en aurais pas connu un seul.

Table des matières

Crédits et remerciements

La traduction de cet ouvrage a été rendue possible grâce à une aide financière
du Conseil des arts du Canada.

Nous reconnaissons l'aide financière du gouvernement du Canada
par l'entremise du Programme national de traduction pour l'édition
du livre, une initiative de la *Feuille de route pour les langues officielles
du Canada 2013-2018 : éducation, immigration, communautés,*
pour nos activités de traduction.

Nous remercions le Conseil des arts du Canada pour son soutien financier
et reconnaissons l'aide financière du gouvernement du Canada
par l'entremise du Fonds du livre du Canada (FLC) pour nos activités
d'édition.
Canadä

Les Éditions du Boréal sont inscrites au Programme d'aide
aux entreprises du livre et de l'édition spécialisée de la SODEC
et bénéficient du Programme de crédit d'impôt pour l'édition
de livres du gouvernement du Québec.
Québec ⬛⬛

Illustrations de la couverture et de l'intérieur : Marie-Louise Gay

Ce livre a été imprimé sur du papier 100 % postconsommation,
traité sans chlore, certifié ÉcoLogo
et fabriqué dans une usine fonctionnant au biogaz.

MISE EN PAGES ET TYPOGRAPHIE :
LES ÉDITIONS DU BORÉAL

ACHEVÉ D'IMPRIMER EN AVRIL 2016
SUR LES PRESSES DE L'IMPRIMERIE GAUVIN
À GATINEAU (QUÉBEC).